Opal
オパール文庫

君は俺の妻になるのだから

井上美珠

プランタン出版

※本作品の内容はすべてフィクションです。

1

――出会ったころのことを、今でも夢に見る。


「こんばんは、アリスさん、お父様はお元気？」

「こんばんは、アリスさん、今日もお綺麗だわ。そろそろ結婚のお話も出るのではなくて？」

アリス・カニンガムは代わる代わる挨拶に来てくれる人々に、愛想よく返事をしていた。

それは、カニンガム家のためであって、自分のためではない。

アリスは日本人の母親を持つ、カニンガム家のお嬢様だ。

本家はアリスの父の兄、ロバート・カニンガムが継いでおり、彼の子供は三人とも男。それぞれ独立しており、優秀な彼らは金融関係や法曹界、自分で会社を経営するなどの才能を見せ、一目置かれている。

アリスの父、アシュトン・カニンガムは、最初は経営コンサルタント会社に勤めていたが、現在はカニンガムホテルグループのＣＯＯ、日本で言うところの副社長を務めている。

基本的に同族経営はしないという決まりがあるが、そんな昔の取り決めをいつまでも守っていても、ということで現ＣＥＯのエドワード・バルドーの説得により、アリスの父は副社長となった。

カニンガム一族唯一の女子であるアリスはとても甘やかされ、可愛がられたが、他の子供達と同じように厳しい教育を受けてきた。カニンガム家のお嬢様として良くも悪くも注目されることを知っていたし、一挙一動で周囲に影響を与えることもわかっていたからだ。

だから、いつも挨拶は自分のためではなく家のため。そして勉強や、礼儀作法も自分のためというよりも周囲に認められるため。

日本人の美しい母と、アメリカ人の甘いマスクのカッコイイ父の間に生まれたアリスは、明らかに飛び抜けて美人であることを自覚していた。

日本人寄りのやや明るめの髪、目に花が咲いているみたいだと褒められることが多いヘーゼルの瞳、ちょうどよく配置された顔のパーツも整っており、モテるけれど。

「結婚はまだ先です。あと半年ほどで大学も卒業ですけれど、まだ社会にも出ていませんし……そういうことは、ゆっくり考えるつもりです」

当たり障りのない返事をする。

男性の熱い視線を受けるけれど、迂闊《うかつ》に交際してしまって失敗するのが怖い。以前ジュニアハイスクール時代のファーストキスの相手とハイスクールになってから付き合ったが、ゴシップ誌にそれが掲載されたことがある。まだ十七歳のほんの子供の恋愛なのに、ちょっとしたことでこんなに大きくなるものだと、初めて知った。

以来、アリスは慎重だった。おかげで現在まで彼氏はいないまま。ジュニアハイスクールの時にしたキス止まりだ。

もちろん幼馴染《おさななじ》みのような、仲の良い男友達はいるけれど、彼とは交際に発展する関係ではなく、ランチやディナーを一緒に食べるくらい。親同士も交流しているから、行く先々のパーティーでよく会い、楽しく話をする程度。

アリスが異性との交流に慎重であることから、名門一家のお嬢様であっても、ここ数年は誰もアリスに言い寄ってくるようなことはなかった。

「お父様が良い方を探してくださるでしょう」

「だといいのですけれど」

微笑み、答える。

これがアリスの仕事のようなものだ。

だからいつもパーティーは気疲れしてしまう。創立百四十周年だからと言って、わざわざクリスマスイブにやることはないだろう。

誰も隣にいない現状では恋人がいないというのが丸わかり。

「申し訳ありません、先ほど父から呼ばれていたので」

「まぁ、そうでしたの？　それではまた」

再度微笑み、アリスはその場から離れた。

今日に限って従兄達ときたら仕事で欠席だったり、誰かと話していたりとちっとも役に立たない。それでも気遣って時々傍《そば》に来てくれるけれど、ぴったりくっついていてくれたら、と思うのはアリスのわがままだろうか。

たまに男の人の視線を感じるが、それを躱《かわ》すように移動したり、視線を合わせないように心掛けたりする。

「結婚なんて……そのうち私に必要な人が現れる。どうしても現れなかったら、きっとお父様が探してくれるし……何より私はまだ大学生よ？　まだまだ先でいいはずなのに。それに誰かと付き合うなんてことになったら、また変なゴシップ誌に掲載されて大変なんだから」

結婚以前にアリスはまだ大学生で、現在会計士を目指している。従兄達も生まれに甘えることなくきちんと自立しているし、いつまでも父と母のところにいては、何もできないお嬢様に見られてしまう。それだけは避けたいのだ。

でも本心では……。

「彼氏欲しい……優しくしてくれる人と結婚したい」

そこはやはり年ごろの女子として、淡い夢を抱いてしまうのだった。

そんな風に思っていると、視界の端に誰かが映り込んだ。

アリスはハッとして、その誰かを目でとらえる。

「あ……」

次の瞬間、目が合った。ほんの一瞬なのに、すごく長く感じるのは、なぜだろう。

彼はきっと日本人。硬質な雰囲気がそれを物語っている。

黒髪に黒い目で、髪の毛は柔らかくセットされている。やや大きな瞳に通った鼻筋、口元は引き結ばれていて、どこかツンとしたような、冷たいイメージ。

それでも彼がめちゃくちゃカッコイイ、端整な容貌の男だとすぐにわかった。眼鏡の奥の目にどうしようもなく惹かれてしまう。

瞬きをしても、まだ彼はこちらを見つめていて、アリスもまた彼から目が離せなかった。

いったい誰だろう、とほんの少し目を眇《すが》めると、彼の目元が笑みを浮かべるように和らいだ。

アリスは思わず微笑んで彼を見る。今度は彼が瞬きをして、見つめ返してきた。

しばらく視線を合わせたまま、アリスの心臓はドキドキと高鳴りを増していく。まるで、お互いが惹かれ合っているかのような、そんな空気が二人の間に流れる。

けれどその次の瞬間、彼ときたら、イメージ通りツンと目を逸らし、ワイングラスを傾けた。

「なにあれ……全然優しくなさそう！　キレイだけどすっごく冷たそうな人！」

ほんの少し頬を膨らませたアリスが目を逸らした彼を見ていると、父が自分の名を呼んだ。振り返るとすぐ後ろにいたので、父に問いかける。

「ねぇ、あの男の人、誰？　知ってる？　赤ワインのグラスを持ってる、なんだかクールな美形の、彼」

「ああ、ソエジマだな。レイジ・ソエジマという名の男だ」

父が知っているということは、カニンガムホテルでそれなりの実績がある人なのだろう。しかし、アリスが聞く前に、父が笑顔で話し始めた。

「秘書として優秀でね。アマミヤの専属秘書としてセクレタリー部門に所属している。今は日本にいるが、その前はアマミヤについてロンドンだった。できれば私の専属にして欲しいが、まぁ……上司がアマミヤだからまず無理だろう」

うーん惜しい、と言いながら唸《うな》る父を見て、もう一度彼を見る。

「そんなに、優秀な人？」

「ああ、そうだ。仕事っぷりだけでなくあの通りの容姿で何かと目立つ男だ。アマミヤがヘッドハンティングしたくらいなんだよ。お前もアマミヤは知っているだろう？」

「はい、もちろん」

イズミ・アマミヤは経営再建、業務改善、改革において右に出る者はいないほど、素晴らしい手腕を振るってきた。現在はカニンガムホテル東京《とうきょう》の社長である。

低迷したカニンガムホテルロンドンを立て直すどころか黒字経営に転換させ、彼が日本へ異動した今も業績は好調だ。

上層部からの信用も厚く、現CEOのエドワード・バルドーから絶大な信頼を寄せられている、とも聞いたことがある。

そんなアマミヤの専属秘書なのだから、優秀なことは父の言う通り間違いないだろう。

話を聞くとさらに気になり、じっと見つめてしまう。そうするともう一度目が合って、また心臓が高鳴った。

アリスは彼から目が離せず、瞬きも忘れて見入った。

彼が瞬きするのがやけにスローモーションに見え、どこかから聞こえたシャンパンを開けるポンッという音が別世界のように思える。

口がポカンと開き、ただ彼の一挙一動をずっと見つめていたくなる。鼓動はだんだんヒートアップし、顔が熱くなってきた。

私は、あの初めて会った彼に恋をしている。アリスはそう自覚した。

先ほどまで自分はまだ大学生で、結婚なんてまだ先でいいと思っていた。それにゴシップ誌などに騒がれるのはもうごめんだと、自分に言い聞かせていた。

なのにアリスの足は、かの日本人の彼のもとへと勝手に進み、目の前にするとさらに端整な容姿が間近に見え、どうにもこうにも、自分の心を制御しきれなくなってしまった。

「あの……あの、私……」

彼は日本人だからとにかく日本語でと、胸に手を当てながら言葉に詰まる。この時ほど、母がきちんと日本語を教えてくれてよかったと感謝したことはない。

「はい？」

アリスの問いに返事をした声も、ストライクすぎた。低く、どこか優しさを含むような、響きの良い声だった。

この声で、アリスと名前を呼んでもらいたいという思いに駆られてどうしようもない。顔を赤くし、じっと見つめるアリスに、彼はほんの少し眉を寄せた。そして首を傾げるその仕草も、とにかくすべてがアリスの胸を高鳴らせてやまない。

「私、あなたに一目惚れしました！　……だからあの！　付き合ってください！」

この時、周りはざわついていたらしい。日本語がわかる誰かがアリスの言葉の意味を理解し、その衝撃が伝播したのだろう。けれどそんなもの、アリスの耳には届いていなかった。

だからなぜ、彼がいっそう眉を寄せてあたりに視線を巡らせたのかわからなかった。どこか不機嫌そうな感じに見えて、アリスはとても不安になった。

ため息をつき、眼鏡を指で押し上げる彼が、なんて言ってくれるのか。それだけをアリスは待っていた。どうか、良い返事でありますように、と願うばかり。

「お断りします」

彼の声が無情に聞こえた。それとも自分の日本語が間違っているのかと、首を傾げる。

そんなのウソだ、と思ってもう一度アリスは言った。

「付き合ってください」

「ですから、お断りいたします。アリス・カニンガム嬢」

そんな、と思った拍子にポロリと涙が零れ落ちる。

子供のころの恋よりも、明らかに運命というものを感じ、引きつけられ魅入られてしまう、そんな人と出会ったと思ったのだ。

見るだけで心臓が高鳴る彼からの言葉は、やけに胸に刺さって苦しくて痛くて。

「どうしてそんなこと言うの……?」

振り絞った声でそう言っても、彼の表情は変わらなかった。

しばらくして、片眉を上げた彼は、困った顔をして隣にいたイズミ・アマミヤを見た。

自分を見て欲しいのに、見てくれなかったことがとても悲しくて、仕方がなかった。

☆　☆　☆

出会ったころの夢を見ていたアリスは、なんて酷い人なの、と夢と現実がごちゃ交ぜになっていた。

「ひ……っく……零士《れいじ》、酷い」

「何が?」

零士の声が聞こえ、アリスは零士が目の前にいるように思え、胸に額を押しつけ、頰を寄せる。

「お断りします、って言った。どうして?」

「それはいつの話です?」

呆れたような声が、余計に冷たく感じて、アリスはさらに顔を押しつけた。

頭を撫でられ、髪の毛を耳にかけたような温かい指の感触がする。

「好きだって言ったのに、酷いよ零士」

「お断りしますって言ったのに、どうしてこんなに優しいの？　優しくされると私……」

頰を撫でた大きな手がとても心地よかった。身体や頰に当たるその体温に覚えがあり、意識が次第に覚醒していく。

アリスは完全に目を覚まし、涙が溜まった目で瞬きをした。そうすると、目尻を伝った涙を感じ、それを拭う指の感触に隣を見る。

「それで？　私のどこが、酷いんでしょうね、アリス」

低く通った声。大好きな人の声だった。

「零士？」

「はい？」

濡れたような黒く大きな目、通った鼻筋。多くを語らないけれど、ちょうどよい厚さの整った唇。この唇がアリスに初めてキスをした時、どれだけ胸が高鳴ったかしれない。

目を軽く細めて、ため息でも吐きそうなくらい、呆れたようにアリスを見ている。

「夢を見て泣くなんて、子供みたいですね、アリス」

本当にため息を吐いた彼は、身体を起こそうとする。このまま離れてしまうのが嫌で、アリスは彼の服の袖を摑む。

「零士！」

「なんでしょうか？」

アリスはガバッと起きて、隣にいる零士を見る。

彼はアリスの横で寝ていたらしい。全く隣に来たのに気づかなかった。

零士はほんの少し眉を顰《ひそ》めたような、怒ったような感じで無表情。でも、彼のそれが余計にイイ男感を引き出していた。

日本人特有の濡れたような黒い目が美しいし、シャープな頰のラインも、スッと通った鼻筋もすべてが綺麗だ。美形な彼がアリスの目の前にいるなんて、さっきの夢からは想像もできないこと。

アリスが目を離せなかった彼がいる。なんて幸せなことだろうか。

眠っていた頭が動き出して、寝る前までいなかった彼が、どうして今ここにいるのかと、不思議に思った。けれどそんな疑問より、大好きな彼がいることが嬉しくて笑みが零れる。

「零士！　お帰りなさい！」

寝ている零士にそのままダイブするように抱きついた。フワッと、体重をかけずに。

もちろん日本語で言った。英語でも通じるけれど、大好きな彼の母国語で話していたいからだ。

「お帰り、って……アリス」

彼は日本人。アリスはアメリカ人と日本人のハーフ。

出会ったころは初めて恋をしたと思える相手と婚約するなんて思わなかった。だから、今、彼が隣にいるだけですごく幸せな気分。

「私の家は、ここではありませんよ。ここはあなたのお父様が、あなたのために買ってくれたフラットでしょう?」

抱きついたアリスをそのままに、起き上がった彼はアリスの身体をベリッと剝がした。

「私はアメリカに帰って来たのではなくて、仕事だからアメリカに来た。ついでに恋人の

家に泊まらせていただきました。おかげで助かりました、ありがとう」

「……仕事？」

「明日には日本へ帰ります。天宮《あまみや》と、支配人会議のために来ただけ。今日も、泊まらせていただいていいですか？」

アリスが婚約者《フィアンセ》の零士と会ったのは、三ヶ月ぶりだった。この前も仕事の延長でアリスの家に泊まりに来て、翌日には帰って行った。

いつもそうだ。

アリスのためには来てくれない。

今は日本の仕事が大変だとわかっているけれど、でも、婚約して一年なのだからもっとこう、恋人同士のような甘い雰囲気を持たせてくれてもいいと思う。

「零士……酷い……久しぶりに会ったのにキスもなしで、どうしてそんなに冷たいわけ？私と零士が住むようにって買ってくれたフラットなんだから、そんなこと言わなくても……」

「名義はあなたのだ」

また酷い言葉だと思う。クールさもここまでくるとただの意地悪にしか思えない。

目頭が熱くなり、ウルッときたアリスは下唇を噛み締めた。

「零士、私のこと愛してないの？」

「そんなわけないでしょう？　あなたは私の婚約者なんだから」

「婚約者だから愛してるわけ？」

　さらにウルッときて、涙が零れ落ちそうになる。

　零士は眉を軽く寄せて、それからため息。

「そんなこと一言も言っていません」

「その割に、零士、すごく冷たい……」

　アリスがうつむくと、零士はその顎を持ち上げ目線を合わせる。

　彼の綺麗な目で覗き込まれて、物凄くドキドキする。アリスは本当に彼が大好きで、どうしようもないほど零士しか見えない。

「どうして欲しいんです？」

「まずはキス」

「……それから？」

「……せ、せ……せっ」

「セックス？　時間がありません。一時間後には出なければなりませんから」

　明らかに顔が歪み、とうとう涙が零れ落ちた。

　これは絶対夢の続きだ。久しぶりに会ったのに、いつまでもアリスの方が零士を好きで、そして甘い雰囲気を断られてしまっている。

「わかりました……わがまま言って、ごめんなさい零士」

涙を自分で拭って、近くにあるティッシュで鼻をかむ。

少し落ち着き、息をついたところで零士がこめかみを押さえてため息を吐くのが見えた。

「アリス」

顔を上げると、零士がアリスの顎を上に向かせて小さなキスを落とした。

アリスの下唇を軽く吸ってから、上唇も同じようにする。

「毎回そうやって泣き落としなんて、ズルいですね」

もう一度小さく触れるだけのキスをした彼は、角度を変えて今度はもっと長く唇を合わせてくる。

アリスは目を閉じ、久しぶりのキスを交わしながら、少し心が温かくなってくる。

身体が押し倒され、キスがどんどん深くなる。彼の舌が唇と歯列を割り、アリスの口腔へと入ってくる。彼としかしたことがないそのキスに、クラクラしながらも応え、舌を絡めた。彼の背に手を回すと、水音を立てながらゆっくり唇が離れた。

頬を撫でる大きな手が少し熱を帯びている気がする。キスをして濡れた零士の唇が艶めかしくてドキドキした。

「零士、好き」

アリスの小さな唇から思わず言葉が零れる。

睫毛で囲まれた形のいい黒い目の奥に、情欲が見え隠れしているようだった。

零士は私のことが好きだからこうなるのだと、彼に手を伸ばすと、その手を取られベッドに押しつけられた。

「三十分ですよ」

瞬きをすると、彼は眼鏡を外し、アリスのパジャマに手をかけて脱がし始めた。

零士がほんの少し微笑み、アリスの足の付け根を撫でてくる。

「忙しいのに、誘うようなことを言わないでください」

少し怒っているような言い方だが、触れる手は優しく、彼の目は怒ってなんかいなかった。

「零士……っ」

彼の手がアリスの秘めた部分に伸びてくる。そこはすでに潤み始めていた。ゆっくりと零士の身体がアリスの身体の上に覆いかぶさり、首筋に顔を埋められる。耳を軽く食《は》まれると、ビリッとしたような快感が下半身に響いた。

これは現実。

嬉しくて、久しぶりの零士が重なる体温が心地よくて。

三十分なんて酷いとは思いながらも、アリスは与えられる快楽の海に身を捧げた。

2

婚約者の零士が帰って来たその日、アリスは午後十時から翌朝八時までの勤務だった。

アリスは現在カニンガムホテルニューヨークで、幹部候補として一年間の研修中だ。

その研修もあと二ヶ月程度で終わり、どこかの国のカニンガムホテルへ配属されるのだが、アリスの強い希望で、東京へ異動することが決まっていた。婚約者と離れ離れの生活はもうしたくないという、切なる願いが届き、嬉しさでいっぱいだった。

アリスがカニンガムホテルに就職したのは、大いなる方向転換の末だった。

会計士になるつもりだったけれど、添島《そえじま》零士という人と出会い、恋に落ちてしまった。だから、少しでも彼に近づきたい気持ちと、その仕事内容を知りたいがために、カニンガムホテルの幹部候補となった。

本来ならアリスのようなカニンガム家の者は、他の企業を経験しないままカニンガムホテルに就職することはない。同族経営はしないという創始者の言葉もあるので、皆一度は別の仕事に就《つ》いている。

けれどアリスは、きちんと正規の採用試験を受け、合格に値する結果を残し、採用された。

当時まだ恋人だった零士はカニンガムホテルの試験に受かったことに驚いていた。かなり反対されたが、どうしても入りたいと言って我を通した。

しかし、幹部候補の研修がニューヨークで一年ということを、試験に受かることに夢中でよくわかっていなかった。一年も遠距離恋愛をするなんて、と悲しくなったが、決まりは絶対であるし、研修は必要なこと。アリスは泣く泣く受け入れ、やっとあと少しでその研修が終わるというところまで来た。

会計士を目指していた自分が方向転換し、カニンガムホテルの社員になったのは、零士が提示した結婚の条件がそうだったからだ。まず会計士の試験は必ず受け、合格すること。そして入社が難しいと言われるカニンガムホテルの幹部候補試験をパスすることだった。

カニンガムホテルグループは、基本的にカニンガム家の誰かを採用することはない。だから初めからクリアできない条件を出されたようなものだ。

『そんな条件をどうして出すの⁉　それに、カニンガムホテルグループには、私……受かりっこない！』

『あなたはまだ若い。カニンガム家の令嬢であり、名門大学の優秀な学生だ。条件を出したのは、結婚という形にこだわりを持って欲しくないからです。まだまだ若いあなたです。

自由な時間と楽しい人生はこれからという時に、そんなに早く結婚という将来を決めて欲しくない。制限もされることがあるでしょうし、名前も変わる。とにかく、このどれかを落としたら、結婚はなしです。永遠に結婚しないわけでもなく、恋人関係を解消するわけではないので、気楽に考えてください』

気楽に考えて、という言葉が胸に刺さった。零士と本気で結婚したい気持ちがあり、決して気楽に、安易になんて考えていなかった。彼を繋ぎ留めたい気持ちで、アリスからプロポーズしたのに、あんまりだと思った。

大学卒業試験もあり、それらの条件をクリアすることは難しかった。けれど、アリスは努力し頑張ってすべてをクリアした。カニンガムホテルの面接試験でも、頭を下げてよろしくお願いします、と熱意を示した。だから幹部候補試験に受かった時、飛び上がるほど嬉しかった。

会計士の資格試験にも合格していたため、零士はてっきり就職はそちらの方向だと思っていたようだが、アリスはその予想を裏切ってカニンガムホテルに就職した。

両親や親族からも、かなりの反対を受けたが押し切った。絶対に頑張り、辞めないと言い張ったのだ。

零士からの反対の声も、もちろん押し切った。彼の出した条件はすべて満たしていたからだ。自分で道を決めて、カニンガムホテルに就職したのだから。

結局、アリスから迫った形で、彼はしょうがなく承諾をしたのだと思う。

『私、がんばったから……結婚してくれる？　零士』

『……わかりました。結婚しましょう、アリス』

そうして二人はめでたく婚約したのだ。

眼鏡を指で押し上げながら、事務的に言われたのは悲しかったが、後日、彼は素敵な婚約指輪をくれた。ニューヨークと日本という遠距離なのは本当に寂しかったが、それももう少しで終わる。

現在の所属はフロントで、あと数週間でハウスキーパー研修だ。そうなると夜勤はないし、夕方からは余裕ができる。また、ハウスキーパーの研修が終わると、東京へ異動。零士と一緒に住むことができる。

来月からは彼と一緒に住むための準備をしなければ、とウキウキした気持ちだった。結婚前に同棲ということが何とも恋人らしくて憧れていたのだ。そんな時に零士が来てくれて、さらに嬉しかったのに、今日は夜勤でがっかり。

せっかく零士が近くにいるのに、明日の朝八時までの勤務。しかも彼は、アリスが目覚めたあとすぐに仕事へ行くと言う。

『三十分ですよ』

零士の言葉を思い出すと、身体が震えるようだった。

彼は、アリスの中へ入らず、ただアリスの身体を高め、イカせただけで終わった。そこでタイムリミットが来てしまったから。

アリスは軽く身体を拭かれて、興奮が落ち着いたところで起き上がると、彼はもう服を着ていた。本当に急いでいたらしく、身支度を終えてすぐに出て行ってしまった。

「元気がない感じがするけど、どうしたの？　アリス」

「え……あ、大丈夫です。すみません」

もしも婚約期間を置かずに結婚ということになっていたら、今ごろ添島の姓を名乗り、アリス・カニンガム・添島となっていただろう。名札の名前も添島となっていたはずだと思うと、まだアリス・カニンガムのままなのが、すごく残念だった。

小さく頭を下げると、先輩のフロントスタッフの女性は微笑んだ。

「いいのよ、そんなに頭を下げなくても。そろそろ、東京の社長がチェックインすると思うわ。あなたが担当して」

「あ、でも……宿泊処理のチェックがまだ終わっていないので」

カニンガムホテルでは、宿泊処理がきちんとなされているか、最終チェックを行う。時々、客室が埋まっているのに、空室表示がされているケースがある。空室のままだと、飛び込みの宿泊客に宛てがい、ダブルブッキングになってしまう。なので、どの部屋にどのお客様が入ったか、きちんとチェックインしているかなど、確認しなければならないのだ。

カニンガムホテルのスタッフは優秀だから、アリスはそういう事例に当たったことはない。だがチェックイン、チェックアウトの時間が集中する時は毎日、数回のチェックをすることを義務づけられている。

「それは私がやるから。東京の社長がチェックインということはアリスの婚約者も来るでしょう?」

ふふ、と笑って先輩スタッフがアリスの肩をポン、と叩く。頬を染めながら頷くと、彼女はアリスの隣に来てパソコンのキーボードを操作し始めた。

今回も前回も、彼が来るのは唐突だった。いきなり出張が決まることがあるのは仕方がないけれど、連絡くらい、と思う。

もちろん、連絡がある時の方が多いけれど、来るとわかっていたならもっと心構えだって、と内心唇を尖らせる。

宿泊客を一人対応し終わったあと、なんとなくロビーあたりがざわつき始めた。その中にカニンガムホテル東京の社長天宮清泉《いずみ》を確認し、もうすぐここに零士が来ることを期待した。

ドキドキしながら待っていたのに、そのタイミングで数人のチェックイン客が来てしまう。

チェックインはフロントの仕事だ。アリスは宿泊客に対応し始める。

「お名前をいただいてもよろしいですか？」

「ボブ・ジェームスだ……君、すごく美人だね」

年齢は確実にアリスより年上で、割とハンサムな茶色い髪をした男性客。

きっとモテるのだろうと推測し、アリスはただ微笑んだ。

「ありがとうございます。ジェームス様、本日より二泊でございますね」

アリスは営業用の笑みを浮かべたまま、パソコンの操作をする。宿泊は一人で、クイーンルームだった。空いているクイーンルームに宿泊処理をして、二日分の朝食のチケットを発行する。

「お待たせしました、ジェームス様……あ……」

「ん？　なに？　どうかしたのかい？」

「いえ、何も」

慌ててアリスは首を振った。接客中に声を出してしまったのは、天宮と零士が姿を現したからだ。彼らは別のカウンターへ行き、チェックイン手続きを始める。

もしも今、アリスが接客中でなかったら、きっとこちらでチェックインしたと思われた。

なぜなら天宮と軽く目が合って、彼が苦笑いをしたから。

なんて残念なんだろうと思った。零士は仕事で、アリスは朝まで仕事。せっかく会えたのに、すれ違うばかりだ。

「それではジェームス様、お部屋は二十階の２００８号室でございます。朝食の際は、こちらのチケットをお出しくださいませ。ごゆっくりお過ごしください」

「ありがとう。ねぇ、君、本当に美人だね。今日は仕事だろうけれど、明日の予定はある？」

「……あ……申し訳ございません、プライベートのことはお返事できかねます」

アリスは微笑みを浮かべたまま、当たり障りのない返事をした。チラッとだけ天宮の対応をしているカウンターを見ると、零士はこちらを見ていなかった。チェックインをしている天宮と何か話していて、こちらには気にも留めてない感じだった。

「そんなこと言わずに。君みたいな美人がシングルなんてありえないだろうけどさ」

そう言って割とハンサムな彼はウインクをしてきた。しかし、その割とハンサムな彼よりも、アリスは零士のことが大好きで、顔立ちも好み。

というか、目の前のガチムチ体型で自信がありそうな彼より断然、婚約者の方が素敵なのである。

「申し訳ありません、ジェームス様……実は私、婚約をしておりまして……ご好意、ありがとうございます」

そう言って頭を下げたあと、わざと左手の薬指を見せた。

零士から贈られたエンゲージリングは、仕事の邪魔にならないようにと、控えめな一粒ダイヤのリング。それでも、リングに使っているダイヤモンドは質のいい物だ。アリスは見てすぐにわかり、感動した。

『小さい石ですが、良いものを選びました。あなたが身に着けているものは、もっと素晴らしいグレードのジュエリーでしょうけど』

そんなことどうでもいいとばかりに抱きついたのを覚えている。

父に買ってもらったジュエリーよりも、今まで見たどのアクセサリーよりも、彼からもらったリングが一番綺麗だった。

「君みたいな美人に、そんな小さなダイヤを？　君の婚約者は貧乏なのかい？」

あざ笑うように言われたその言葉に、笑顔が一瞬消えた。

この素晴らしい、零士の思いがこもったリングを、バカにして欲しくなかった。

「仕事中も身に着けていられるよう、配慮していただきました。これ以上ないほど、大切なリングなんです」

微笑みを再度唇に浮かべると、男性客はふん、と鼻で笑った。

「じゃあ、君もそれくらいの人なのかもしれないね。手続きをありがとう」

カードキーとともに食事のチケットを渡すと、わざと乱暴に取られた。そして背を向けて去る姿を見て、微笑みの下でムッとする。

零士の指輪をバカにされたと思うと、余計に腹立たしかった。

アリスの仕事への配慮や思いを、踏みにじられた気分。本当に余計なお世話だと、心から思う。

「大丈夫、アリス」

心配した先輩が、ちらりと天宮と零士の方を見る。チェックインが終わったらしく、零士が天宮とともにエレベーターの方へと歩いて行く。

「さっきの、彼に聞かれたでしょうか……」

もしそうだとしたら、としょんぼり落ち込んでしまう。

「そうね……でも、全部は聞かれていないと思うわ。少し離れていたし、きっと大丈夫。それにしても……さっきの客は何かしらね。アリスはこのホテルの創始者一族のお嬢様っていうのに」

「……そんなこと、一般のお客様にはわかりませんし……お気遣いありがとうございます」

ぺこりと頭を下げると、いいのよ、と先輩は微笑んだ。

このホテルの従業員の誰もが、アリスがカニンガム家の令嬢で、カニンガムホテルグループのCOOの娘だとわかっている。もちろん特別扱いはなく、きちんと仕事を教えてくれる気のいいスタッフばかりだ。

また、アリスをカニンガム一族のお嬢様扱いしない対応も、ありがたいことだった。

だからこそアリスはいつも気持ちよく仕事ができている。それに婚約していることも周知の事実だ。その相手が誰かも、会社の誰もが知っている。

ただ、ずっと離れて暮らしており、セクレタリー部門だからか零士の顔は知られていない。最近は天宮の秘書だということがわかってきたのか、あの人がアリス・カニンガムの婚約者、と囁かれることも多くなってきた。

「残念だったわね。婚約者の前でお仕事できなくて」

常々、彼に認めてもらいたい、きちんと一人前になりたいと言っているアリスを、この先輩は知っている。

「また明日、急いで帰れば、少しの時間は過ごせますし……頑張ります」

「そう……じゃあ、明日までよろしくね、アリス」

「はい」

肩を優しく叩かれて、一つ深呼吸。

ちょっと嫌な客に会ってしまったけれど、それは仕事だからしょうがないこと。

これからもこういうことは多々あるだろうと、気を引き締める。

夜遅い時間だというのに、新たな宿泊客らしい人が数人入ってきた。

アリスは手を握ったり開いたりしながら気を落ち着かせ、微笑みを浮かべ接客をするのだった。

☆　☆　☆

翌朝、アリスは八時を少し過ぎたころ、交代のスタッフに引き継ぎをし、急いで家に帰った。

スマートフォンを見ても零士からの連絡は全くなく、がっかりした。けれど、家を出るのは朝の九時くらいと聞いていたので、タクシーを使ってとにかく急いだ。

タクシーの中で零士へ電話をするけれど、出てくれない。零士は基本的にバイブ機能にしているので、気づかないのかもしれない。

泣きそうな気持ちでどうにか九時前に家に着き、玄関のドアを開け、リビングへ直行する。

「零士！」

リビングのドアを勢いよく開けると、コーヒーのいい匂いが鼻をくすぐり、キッチンに零士がいた。

「お帰りアリス。コーヒーを淹れてるから、一息ついてシャワーを浴びたらどうでしょう」

いつものスーツではなく、無地のシャツにくるぶし丈のパンツ姿。ラフな格好を見て、もうすぐ行ってしまうのだとがっかりした。

「ただいま、零士。もうすぐ出るんでしょう？　何時の便なの？」

アリスは上着を脱いで、リビングの椅子の上に置いた。零士はテーブルにアリスのコーヒーカップを置くと、自分も一口飲んで、カップをテーブルに置く。

「天宮に頼んで、帰るのは明日にしました。今日はもう休みでしょう？　明日は？」

アリスは零士を見上げて瞬きをした。

「今日はずっといるの？　明日の朝、帰るの？」

「だからそう言ったでしょう。あなたの明日の予定は？　アリス」

「私、休みなの……最近深夜と、午後勤務ばかりだったから、二日間も休みで……じゃあ、零士、私とゆっくり過ごしてくれるの？」

零士はほんの少し、口元に笑みを浮かべた。それから、手の甲で頬に触れてくる。

「明日の朝まではね」

アリスは思わず零士に抱きついた。背伸びをして、彼の唇に自分の唇を重ねる。

「零士、嬉しい……ありがとう」

もう一度唇を重ねると、優しい黒い目で見つめられ、今度は零士の方から身を屈めてキスを深めてくる。一度だけ舌が絡み合ったところで、濡れた音を立てて離し、彼はアリスのヘアピンとヘアゴムを優しく取った。

髪の毛を解かれ、左肩に掻き寄せられる。なんだかすごくドキドキし、肌が粟立つ。

「シャワーを、アリス。バスローブだけ着て、ベッドに来なさい」

右耳に唇をつけるように、よく響く低い声で囁かれた。

明らかなお誘いに、アリスはさらに鼓動が速くなる。きっと顔は真っ赤になっているに違いない。

「わ、わかりました」

期待していた、零士との触れ合いができる。

昨日はただアリスだけが高められたけれど、今日は身体の中に彼が、と思うともうすでに、身体が疼き始めた。

いつもは、深夜勤務のあと、すぐにシャワーを浴びて眠ってしまうけれど。

このお誘いを無下《むげ》にしたくないし、零士といられる時間は少ない。

「ベッドで待ってて」

零士からそっと離れ、アリスは浴室へと向かう。

平静を装って背を向けて浴室の中へ入ると、アリスはドアを閉め、しゃがみ込む。

早くシャワーを浴びなきゃと思うけれど、すぐにはそうできなかった。だって、本当に久しぶりで、誘ってくれて、しかも帰る日を翌日にしてくれた。

いつもは素っ気ない彼が、すごく優しい気がして。
アリスは大好きな彼の腕で自分が熱くなるのを想像しながら、どうにか立ち上がる。
服を脱いでシャワーのお湯を確認し、全身に浴びる。
いつもより入念に、けれどできるだけ早く身体を洗って綺麗にするアリスだった。

3

アリスは身体を拭き、零士の言う通りに下着を一切身に着けず、バスローブだけを着た。

これから起こることに期待を膨らませつつ、香水を耳元に軽くつけ、大きく深呼吸。

零士と抱き合うのはかなり久しぶり。いつも零士は熱く優しくアリスを高めてくれる。でも、基本的に意地悪な面があると思う。

けれど、アリスはそんな零士との抱き合いがとても好きだ。彼は初めての相手であり、初恋とも言える人。アリスが初めてだと言った時の零士は、驚きつつも一人の大人の女性として、愛してくれた。

あの日のことを思い出すと、顔を赤くし、手で覆ってしまう。それくらい恥ずかしくもあり、ドキドキするような熱い夜を過ごした。

初めての時は今日のようにバスローブ一枚で出て行くなんてことはできず、きちんと服を着て彼の前に立ったのだが、手際よく脱がされ、大人の男の人は、こういうことを良く知っているのだと、彼の過去に嫉妬したものだ。

「少し、慣れてきたけど……まだ、裸は恥ずかしさが……」

バスローブを少しはだけさせると、素肌と胸がダイレクトに見える。

「零士に、脱がされるの、好き、なんだけど……」

自分で言っておいて、顔を赤くしてしまう。せめてバスローブではなく、可愛い下着を身に着けたかったな、と今さらながらに思った。

彼が肌に触れながら脱がしていく仕草を見るのも好きだった。

ゆっくり味わうように手のひらで肌を撫で、ボタンを外し、そうしていつも下からアリスを見上げて優しく微笑むのだ。そんなことをされると、アリスの身体はみるみる熱くなる。

零士はアリスの官能を引き出すのがうますぎる。これが経験の差だとしたら、もうどうやっても零士にはかなわない。

昨日はアリスだけが高められたけれど、今日は彼の感じている顔を見ることができる。

あのクールな鉄面皮がアリスの身体で、と思うとそれだけで身体が疼きそう。

バスローブの前を掻き寄せ、ベッドルームに入ると、彼は窓の近くに立っていた。

「零士」

「アリス……ちょっとこっちに来なさい」

なんだか声が硬い気がして、彼のいる窓の近くまで行く。

「どうしたの？　零士」

微笑んで見上げると、彼はじっとこちらを見つめてくる。

「やっぱり、あなたは……カニンガムホテルで働くには向いていませんね」

眉を顰めている零士を見て、目を丸くする。

「またそんな……どうしていつもそう言うの？　私はきちんと仕事をしています」

頬を膨らませて言うと、彼は少し片眉を上げた。

「仕事中に声をかけられ、業務を中断していた。時間を計っていましたが、長かったです。他にお客様がいたというのに……フロントという特性もあるでしょうが、あなたの容姿は目立ちすぎます」

「でも、フロントはもうすぐ終わるし、あと一つクリアすれば私は日本で、企画部に入ることになっているし……そんなに目立たないから」

目立つことがそんなにダメなのだろうかと悲しくなる。茶色い髪にヘーゼルの目だから、アメリカでは地味な色合いのはずだ。

声をかけられるのは日常のこと。でも、それを断るすべも知っているし、何よりも零士という婚約者がいる。心が動かされることは絶対にない。

「もういいです。どうでもいいことを言いました、すみません」

「零士は私といるのが嫌？　だからそんなこと言うの？」

自分で言っておいて悲しい気分になる。彼は、確かにアリスの押しに負けて一緒にいてくれている。付き合い始めの時も、アリスからだったし、プロポーズだってそうだ。ただ、いつもこうだと不安にもなるし、本当に好きな気持ちで婚約したのかと、問いたくなる。

「私が、カニンガム家の娘だから婚約したんじゃないって……わかってるけど」

アリスが下唇を噛むと、上からため息が聞こえた。ため息をつかせてしまうようなことを言ったけれど、とだんだん顔を上げられず下を向いてしまう。

「好きですよ、アリス」

零士の言葉にハッとし、顔を上げる。

「あなたとの結婚なんて、メリットはありません。むしろデメリットの方が大きい。あのアリス・カニンガムをモノにした打算的な男だと陰口を言われて好奇の目にさらされるでしょうし、大したことない男だと言われる。好きでなければ、お嬢様のあなたとなんて無理ですよ」

そうしてそっとアリスの頰に手をやり、包み込むように触れてくる。

彼の大きな手は温かく、言葉と裏腹に優しかった。

「私が好きだから、一緒にいてくれてるの？」

「だからそうだと言ったでしょう」

ため息交じりに言ったその唇に、アリスは自ら唇を寄せた。

小さくキスをすると、さらにため息。

「あなたはもう少し、キスが上手くならないと……いつまでも初々しいと、こっちも困りますよ、アリス」

「そう言うなら、もっと私に会いに来て、零士。私は、あなたしか知らないんだから」

抱きついて、彼の背に手を回す。けれどいつも通り、彼の言葉は冷たい。

「それは無理。わかっているでしょう？　アリス」

「そう、だけど……」

シュンとして、そのまま腕に力を込める。わかってはいるけれど、どうにもならない感情があるのだ。

彼はアリスの腕をはずして子供のように抱き上げ、そのままベッドへと歩いて行く。

「お互い仕事がある。特に天宮は忙しいから、あなたが日本勤務になってもきっとすれ違いますよ」

「いつもどうしてそんなに、冷たいこと言うの？」

「事実を言っているだけ」

零士はアリスに視線を合わせた。彼は額と額を軽く擦り合わせ、その距離で口を開く。

「でもそんな私が好きなんでしょう？　アリス」

その目に参ってしまうほど、彼の目は色を湛《たた》えてアリスを見つめていた。アリスは零士の言う通り彼が大好きなので、胸の奥がキュッとなり、身体の奥が熱を帯びてくる。

零士はアリスをベッドに横たえた。それから膝を突いてアリスの身体を跨ぎ、シャツのボタンを外す。アリスを見下ろしながら一つ一つボタンを外す様は、あまりにも色っぽくセクシーだ。

零士から目を離せずじっと見ていたアリスに、彼は目元を軽く緩め微笑む。シャツを脱ぐために動く指も、その下に現れた素肌もアリスを惹きつけ、ドキドキが止まらなくなる。

そんな私が好きなんでしょう、という言葉にぐうの音も出ない。最初はなんて人なんだ、と何度も思った。だけど、惹かれる気持ちが抑えきれなかった。

今もまた同じように、アリスの前で服を脱ぐ彼の色気に目が離せず、全身が脈打っている状態だ。

「れ、零士」

「なんですか?」

「すごく、ドキドキする。エロい……」

「あなたがそういう目で見るからでしょう? それとも、このあとのことを想像しているからそう見える?」

そう言って微笑んだ彼に、顔が熱くなった。妄想してみるとあまりにエッチすぎて、目

を逸らしてしまう。時々零士の言うことはアリスには大人すぎる。

「想像しすぎだ。どっちがエロいんでしょうね」

眼鏡を外した零士の目には、仄かな欲望の火が灯っていた。

眼鏡をかけていない零士の顔は、切れ長の目と相まっていっそうどこか冷ややかな印象を与える。その双眸が、今は熱く燃えているようだった。

彼は手を伸ばしてアリスの頬を撫でて耳の後ろを触ってくる。指先が何度も肌を掠め、アリスは首を竦めキュッと目を閉じる。

「あ……」

小さく声を漏らすと、すぐに手を離し再度ボタンを外し始めた。そんなにゆっくり外されると、余計にアリスの身体は期待で熱くなる。

彼は大人で、アリスはとんでもないお嬢様だったから遠ざけようと何度もすげなくされたけれど。

『あなたにはもっと良い男がいるでしょう。十三も年上の男なんてやめておきなさい、ミス・アリス。どうせあなたの好きは、お嬢様の気まぐれ……ただの熱病です』

彼から熱病と言われた時は、真剣に自分を振り返って考え込んだ。けれどやはり零士のことを思うと胸が痛み、愛しい思いで胸がいっぱいになる。

だからきちんと考えて、自分の気持ちを確かめて何度もアタックしたのだ。

「好きよ、零士」

シャツを脱ぐと、彼の裸の上半身が現れる。綺麗な筋肉がついた身体に、息をのんで見惚れてしまう。

「あなたの全部が好き」

「アリスがそう言うから私はここにいるんです」

彼は微笑み、アリスの髪の毛を撫でる。身を屈めて額にキスをし、こめかみにも同じようにしてきた。優しいキスがもどかしく、アリスは唇を開く。

「バスローブを……解いて、零士」

彼は瞬きをして、それからアリスのバスローブの紐を解いた。前を開かれると、下着を身に着けていない裸のアリスが彼の目に映る。

恥ずかしさがあり、小さく息を吐いて顔を横に向ける。熱くなった頬にシーツが冷たく感じられた。

「何度見ても、白い肌だ」

胸の間を指がつっと滑り、指の感触に鼓動が一段と速くなる。

「身体が好き？」

自分で言って、何とも悲しくなる言葉だった。

初めての時も、白くて綺麗な肌だと彼は言った。

「身体も、好きだ。いつも私を、その気にさせるのはあなたでしょう?」

零士がアリスの身体に覆いかぶさってくる。

「身体も?　あとは?」

アリスの胸を優しく包む手の温かさを感じ、小さく、あ、と声を出す。

「あなたが、私に触れられて出す、甘い声かな」

ふ、と笑った彼を見て、やっぱりアリスの方が彼を好きだと思う。きっと零士の気持ちはアリスのそれにかなわない。どれだけ好きでいても、零士がすり抜けていくような思いを抱いてしまう。

「もうおしゃべりはそれくらいに。大人の時間ですよ、アリス」

これからされる大人な行為を想像し、顔が赤くなり鼓動が乱れる。

期待している身体は、零士を求めていた。

☆　☆　☆

彼の手が脇腹を撫でるようにして上へと向かい、アリスの白い胸に行きつく。

「あ……」

「甘い声、まだ胸を触っているだけですが?」

零士の手が胸を揉む。時々、こねるようにしたかと思うと、指先できゅっと摘まれる。

彼に初めて胸を揉まれた時、得も言われぬ快感が走り抜けて身体の中心が熱くなった。

それは今も同じで、アリスの臍《へそ》から下のあたりはどうしようもなく熱くなり、拍動とともに強く疼き始める。

「は……っ」

吐息交じりの声を出してしまうのは、彼がずっと胸を揉み上げているから。ただそれだけなのに、アリスは足を擦り寄せたくなる。

「感じてますね」

「だって、零士が触る、から」

零士がアリスの足を開くようにして身体を入れてきたので、閉じられなくなってしまう。

彼の身体を足で挟むようにしてしまい、ただ乳房へ触れられただけというのにこうなる自分は、やっぱり彼との行為を心待ちにしていたのだと、心から思った。

「胸を触られるのは好き?」

そう言う零士の目が色を湛えてアリスを見ていた。

「そ、そんなこと……」

ないとは言えないからキュッと唇を引き締める。そうすると彼はフッと笑う。次にその唇が胸の頂の近くに寄せられた。

「そんなことないでしょう？　アリスは胸もどこもかしこも、触れられるのが好きみたいだ」

それは零士だからと言えなかった。彼の唇がアリスの胸を食むようにして吸う。小さな水音がアリスの耳を犯し、耳に届く胸を吸う音と感触が、アリスの官能を引き出した。

「あ……っん！」

零士はアリスの片方の乳房を揉み、もう片方は唇で愛撫した。そうして、彼の空いた手がアリスの腹部を撫で、腰を滑るように進み、内腿を擦る。

秘めた部分に指が軽く触れたその瞬間、アリスは腰を揺らしてしまった。

「まだ、下は触っていないけど？」

「でも……零士の指、かすめた、から……っ」

「掠めただけだ」

チュッと音を立てて吸いながら乳房から唇を離すと、零士はじっとアリスを見つめてから、下唇を啄むようにキスをした。

「あなたは、感じやすいな。もうどこにも力が入らなくて、好きにしろと言っているようなものだ」

「全部、零士だから……っ」

「ああ、でしょうね」

内腿を撫でていた指が、アリスの隙間の入り口をなぞるように触れる。すでに蕩け始めているソコは彼の指を容易に滑らせ、大した抵抗もなく指先が入ってくる。

「濡れるのも早い」

そんなことを言わないで、と言いたくても言えない。ただアリスの唇からは甘い声が出てくるだけだった。アリスの身体は快楽を従順に受け入れ、されるがままに乱れた。

「あ……っふ」

少し圧迫感が増したことで指が増えたことがわかる。それくらいスルッと彼の指が入るほど濡れているということ。

昨日の朝も今日と同じくらいすぐに濡れてしまった。それは零士を待ちわびていた身体の反応だ。

「昨日といい、今日といい、よく濡れる」

一度指を引き抜き、アリスの足の付け根を撫でる。濡れたその感触に、あられもなく愛液を溢れさせていることがわかって、いっそう恥ずかしくなる。

「だって、私……零士、待ってた……っん」

「そうみたいだな、アリス」

舌先がアリスの胸の先端を舐め上げる。ピンと尖ったその部分は、零士になぶられたせいで、熟れた果実のように立ち上がっていた。彼はその隣に少し強く吸いつくと、赤い痕を残す。まるで所有印のようだった。

濡れた指先が再びアリスの足の間を撫で上げ、ソコの突起部分をキュッと軽く摘んだ。

「あ！」

勝手に腰が揺れ、秘めた部分がひくついた気がする。

「は……っん！」

腰の揺れは止まらない。

胸を揉み上げながら、彼の唇が脇腹を軽く吸い、臍の横を強く吸った。音を立てて唇が離れたそこは、きっとまた赤い痕があることだろう。

足の付け根も同じようにされ、その唇が行きついた先はアリスの足の間。少し押し広げられ、彼の唇がソコに吸いつく。

「や……っ……零士……っ」

自分の中から愛液が溢れてくるのを感じる。彼の舌がアリスの身体の隙間から上へと舐め上げる感触がたまらない。昨日の朝もされたけれど、それよりも時間をかけて熱心に舌で愛撫しているような気がする。

身体がくねるような動きをしてしまうのは、疼きの強さと快感へのもどかしさから。

もう少し決定的なものが欲しいと思うのに、彼の手管だけでイカされそうになって、アリスは口を開けて喘ぎながら言ってしまう。

「もう……零士が……っあ！」

「先にイったらいい」

やだ、と言いたいのに言えなくて、彼の舌が隙間に差し入れられた時、あまりにも強い快感が貫き、足先をギュッと丸めた。

「は……っんんっ！」

いつも、先にイカされてしまう。経験が零士だけのアリスにはしょうがないことだ。

「零士……」

「アリスのその顔が、好きだ」

微笑む彼は余裕だ。この人はいったい何人の人とアリスと同じ行為をしてきたのだろう。聞くことはないけれど、いつも大人な零士にちょっとだけ思うところがある。

今はアリスだけなのに、誰がこの人に抱かれたのだろう、と。

「私、次は、零士が……ほ、ほし、い」

彼の過去の女性に嫉妬した勢いで自分でねだってしまったものの、顔が熱くなっていては世話がない。零士はアリスのそんな心をわかったような目で見て、クスッと余裕ありげに笑った。

大人な彼に追いつくため、自ら下半身に手を伸ばすと、その手を取られ手のひらにキスをされる。

彼は何も言わず、パンツのボタンを外し始める。布地を押し上げるほど主張しているそれに、嬉しさを感じる。彼はアリスゆえにそうなっているのだ。

「言われなくても」

零士は四角のパッケージを噛み切り、下着をずらしてそれを着ける。

初めて見た時はそんなに大きなものが入るのかと思ったが、今はすんなりと受け入れてしまうほど。

「零士、早く……」

「……いつの間にそんなことを言うようになったのか。この間まで処女だったというのに」

呆れたような口調で言いながら、零士はアリスの足をさらに開き、腰を近づけてくる。

彼の大きな質量がアリスの隙間に当たり、撫でるように何度か擦りつけたあと、先端が少しだけ埋められた。

「ん……っ」

「入れて欲しい？」

先端をユルユルと動かして、なかなか本格的に入ってこない。

入れて欲しいかと聞いてくるなんて、こういうところが意地悪だ。

「わかってる、でしょう？　どうしていつも私だけ、零士を欲しいの？」

「言わせたいだけです」

アリスが驚いて目を潤ませると、小さく笑ってからアリスの目元を撫で、そこにキスをしてくる。

「あなたは焦らすと、イイ顔をする」

口元に笑みを浮かべる彼は、さらに意地が悪い顔に見えた。

「早く、来て、零士……っ」

アリスはぎゅっと目を瞑った。

身体の隙間は彼を待ち望んでいた。その思いだけで下半身の濡れが増し、零士を受け入れたがっている。

それがわかっているだろう彼は、アリスと繋がる部分を指先で軽くなぞり、不敵な笑みを浮かべる。

「わかりました、お嬢様」

彼の先端がアリスの隙間に差し入れられ、ゆっくりと身体の中へ埋められていく。

「ああっ！」

最奥まで届くと、身体を揺らされ始め、アリスの胸が揺れる。

乾いた肌の当たる音が聞こえてきて、小さな喘ぎ声が何度も唇から零れる。

「こんなに締めつけて、気持ちいいですが……」

「あ……れい、じ……っ」

「少しは俺の形も覚えてくれると助かる……でないと、もたないのでね」

フッと笑いながらそんなことを言うけれど、いつもアリスを高めてイカせて、そのあとに達するのは零士の方だ。

「そんなこと……いつもない、くせに……私ばっかりで……っ」

「我慢しているんですよ、これでも」

彼は動きを止めない。奥を突き上げてから、ゆっくりグラインドするように左右に揺られるとお腹の底がたまらなくてキュッとなり、身体を縮めたくなってしまう。

「あ……っあ!」

「イキなさい、アリス」

零士の言葉に促されるように、アリスは自分を解放する。それは、まるで文字通り命令だった。

指先までジンと広がるような快感と痺れが気持ちよすぎてたまらない。

けれど彼はそれですぐには終わらなくて、また揺さぶり続けるから、あられもなく乱れてしまう。

「零士、あ、ダメ……っ」

「こっちはイカせてくれないんですか?　アリス」

零士と繋がっている部分から濡れた音がひっきりなしに立ち、足を抱えられると角度が変わり、さらに零士が深く入ってくる。

「あ……っふ……ん」

甘い声が止まらなくなる。肌が当たる音が強く速くなり、アリスはさらに疼きが高まり、快感で目の前が真っ白になる。

「また……っイク」

「何度でも。俺も、イキそうだ」

彼はいっそう強くアリスの中を刺激して、欲望のままアリスの中を蹂躙する。

「あっ……っあぁ」

「アリス」

快楽に堪えていた零士がぐっと最奥を突いてから動きを止める。

いつもどこか素っ気ない言い方をする彼が、髪を乱れさせて肩で荒く息をしていた。

「零士、良かった？」

アリスも息を整えながらようやくそう言うと、ため息のように大きく息を吐いた彼が、頬に触れる。

「いつもイイと言っているだろう？　アリス」

その手が、アリスの首筋に触れ、指先で耳の後ろを擦る。そうされると弱いと知っているくせにわざとやる零士は本当に意地悪だ。

普段お堅い零士の口調は、二人きりの時には少し変わる。それがアリスにとっては嬉しい。いつも丁寧に話してくれるけれど、少しだけ砕けて、本当の彼を見せてくれている気がする。

素っ気ない言い方をしても、触れる指先は優しく、アリスの官能を誘う。

「俺をいつも余裕なく、おかしくさせるのは、あなただけだ」

そう言って彼はアリスの中から自分のものを抜こうとする。だからそれを引き留めるように抱き締める。まだ硬さの残る彼が去っていくのは嫌だった。

「アリス、ゴムを取りたい」

「やだ……もっと、こうして繋がっていたい……どうせまた、しばらくあなたと離れるのに」

自分で言っておいて悲しくなってくる。

日本で勤務するのは決まっているけれど、それまでまだ期間が空くからだ。

「それまで、零士に抱いてもらえないでしょう?」

「セックスをするために婚約したわけじゃない」

全くもう、という言葉が聞こえそうな彼のため息に、アリスはいっそう彼に抱きついてしまう。

いやいやをするように首を横に振ってしがみついていると、彼が繫がりを解かないままアリスを抱き上げた。彼の膝の上に乗って抱き合う形になり、色っぽい零士の顔が目の前にあってドキッとしてしまう。

「抱かないと、婚約者とは言えない？」

そんなことないから、アリスは首を振った。

「あなたは俺をいつも困らせる……そんな煽るようなことを言ってはだめだ」

「だって……零士が、いつも傍にいないから」

アリスがしゅんとして小さな声で言うと、零士はため息をついた。それから頰を優しく撫でてくる。

「あなたは疲れている、だから余計にそう思うんだ」

彼はこめかみにキスをし、微笑む。

「一度ゴムを取らせて。それに、夜勤明けだ。眠いでしょう？」

優しく頭を撫でてくれるけれど。

いつも同じだけど。

零士は、本当に自分のことを好きなのかと、いつも思う。

別にずっと、抱き締めて離さないでいいのに、本当はそこまでするほど好きではないのかと考えてしまう。

彼がアリスを抱き締めながら自身のものを抜く。そしてゆっくりと横たえられ額にキスをされる。

ゴムを取り去るのを見ていると、抱き合った余韻の心地よさと身体の疲れが相まって、眠気が襲ってくる。

また目覚めた時、どうか零士が傍にいますようにと願いながら、アリスは瞳を閉じた。

4

――アリスと濃厚な時間を過ごした翌日の朝。

零士は朝早く起きて、というよりも自然に目が覚めた。だいたい自分がこの時間に起きる、と決めた時間に起きることができるので、目覚まし時計を使ったことがない。

だから隣に眠る美しい人を起こすことはないのだが、彼女にとっていつもそれが不満らしい。目覚まし時計があろうとなかろうと、なかなか起きないのは、彼女の方だ。セックスをした翌日は特に。

「アリス」

名を呼んで揺さぶるが、身じろぎもしなければ、声も出さない。ただ、規則正しい寝息を立ててるだけ。まるで眠り姫だ。

昨日は、アリスは夜勤明け。それから眠ることなく抱き合い、少し眠ってまた起きるとまた欲しくなり、また抱き合うということを繰り返した。

途中、水分補給とサンドイッチは食べたが、身体の欲求が尽きることはなかった。つい年甲斐もなく、若い彼女を抱き潰してしまった。

「婚約する気はなかったというのに」

毎回、眠るアリスを見るたびに言うセリフを吐いて、零士は下着を身に着けベッドから下りた。

口から出てしまうのは、思い描いた自分の人生とは違うものを歩もうとしているからだ。出会った時から美人で綺麗な子だと思って見ていた。告白をされ、全く嬉しくなかったわけじゃない。もちろん、心を動かされた。

しかし、アリスがカニンガム家のお嬢様で、たった一人のまるでお姫様だというのは知っていた。だから理性が働き、正直すぐにその気にはなれなかった。

それが今では、押されに押されて、付き合うようになり。恋人のその先、婚約者にまでなってしまった。

寝室のドアに行きついてもう一度ベッドに横たわるアリスを見る。

「……何もかも誤算だ」

だからどうしても冷たくしてしまうし、素っ気ない態度を取ってしまう。独身主義の零士は、彼女に人生をひっくり返されたのだ。

「アリスのような身の上の女を婚約者にするつもりなんて、全くないことだったのに。おかげで周りからいつも面倒な嫌みを言われるし、面倒な対応をされるし……」

アリスがアリスなだけに、逆玉の輿であるのだ、零士は。

だから、あれがアリスの婚約者の日本人で、大した仕事をしないセクレタリー部門の人間だと言われたり、ちょっとした種馬だの、カニンガム家をいいように使いそうだの言われたり。

しかし、口では面倒だと言いながらも、本当はアリスに夢中になっている自分がいる。綺麗で可愛くて純粋な彼女に惹かれてやまない。

一途に気持ちを零士に向ける健気な瞳に、かなうものはない。際限なく、アリスが欲しくてたまらなくなってしまう。いい年した大人の零士としては、自制すべきことだ。

だから今、ニューヨークと日本は良い距離だとそう思っている。

「アリスの血縁は政財界に通じるような男ばかりで弁護士もいる。逆に変なことはできないし、カニンガム家を乗っ取るなんて大それたことができるわけがない」

あの毎回の陰口を何とかして欲しいと思う。

別に自分の性格上、針の筵《むしろ》に座っているとは思わない。が、さすがに大人の世界だというのに子供じみすぎて、面倒くさいのだ。

仕事のこともあり、未だ婚約という形しかとっていない。まだ結婚の見通しが立っていない状態だ。アリスには申し訳ないと思うものの、時折、彼女の結婚相手に自分が相応しいかということを考えてしまうのだ。

ないだろう。

アリスにはもっと、家柄が似合うような、男として若く立派な人が現れるんじゃないだろうか。その方が幸せになるのではないかと思うことも多い。

やはり結婚はためらってしまう。一歩進めない零士がいた。

そうしてずるずるしたまま婚約期間が一年経ってしまった。世間では破局間近などと言われているらしい。確かにアリスのような美人なお嬢様が一年も婚約したままというのはないだろう。

「本当に、困ったものだ、アリス」

彼女の髪の毛に触れ、軽く梳いてやる。柔らかいブラウンの髪に触れると、その感触に笑みを浮かべる。

「なんで俺を好きになったんですか？　アリス。このままでは俺がダメになりそうだ」

こんな余計な思考はどこかに置いていきたいと思った。

内心の葛藤にため息をついてから時計を見ると、フライトの時間が迫ってきているのに気づいた。

零士はバスルームへ行き、軽くシャワーを浴びる。それから身支度を整え、もう一度寝室へと向かった。

ベッドに昨日、愛し合ったままの姿で眠るアリスを見る。

空調が効いているため、柔らかく薄い掛け物でも寒くはない。彼女の身体のラインが綺麗に見えて、どこか色っぽい雰囲気を醸し出している。

寝返りを打ったので起きるかと思ったが、全く目を覚ます気配がなかった。

若いということもあり、眠りが深いのだろう。無防備に乳房が半分見えているのも、まるで子供のようだった。

零士はアリスの近くに座り、乱れた布団をかけ直し、乳房を隠す。そうして前髪を掻き分け、軽く頭を撫でた。

「好きですよ、アリス。でも、私への愛はほどほどに。あなたはまだ若く美しいのだから」

零士は閉じた目蓋に優しく触れ、指先で長い睫毛に触れたあと立ち上がる。

寝室のドアを音を立てないように閉め、リビングのテーブルにメモ用紙を置き、ボールペンでアリスに日本へ帰ることを書き記した。

『アリスへ　眠っているので起こさずに日本へ帰ります。次に会う時は、あなたが赴任してからでしょう。それではまた』

零士はスーツケースを引き、玄関へと向かう。この家を出て行く時、靴を履きながらいつも思うことがある。

アリスは、ニューヨークの中心地にフラットを購入してくれるような親の子供。

普通の家の自分とは育ちが違うな、と毎回思うが。

これも好きになってしまった自分の人生と受け止める。

ただ、もしも若く美人なアリスが他の誰かを、ということになったのなら。

「手放すしかないのか……」

ふう、とため息をつき、靴を馴染ませるように足を動かす。

軽く頭を掻きながら、自分の人生はなんでアリスと関わることになったのかと思った。

手放すにしても、確実に未練が残りそうだと思いながら。

そんな最悪の想像を、頭を振って追い出して。

零士はアリスに書き置きだけを残して、部屋を後にした。

☆　☆　☆

零士は帰国したその足で、カニンガムホテル東京に出勤した。

天宮は明日出勤すればいい、と短くメールをよこしたのだが、そんなことをしたらきっと好き勝手に彼は動いてしまうだろうと思ったのだ。

カニンガムホテル東京は、現在業務改革中だった。天宮は常に冷静に仕事をこなすが、たまにファインプレーをしすぎて後始末が大変な時があるから目が離せない。

それでも彼と仕事をするとやりがいがあるので、離れられない自分も悪い。大学の時に声をかけられて以来、いつも彼との接点は多く、結局なんだかんだで巻き込まれてしまう。

零士は最初、日本の会社に勤務していた。奇しくも、その会社でも秘書課だった。弁護士資格を持っているので、法務関係の仕事が多かった。

しかし、そんな仕事に少し飽きてきた時に天宮に相談してしまったのが悪かった。

「おかげで自由なあの人の尻拭いも少なくないな」

たった一日程度だが、自分がいない間何かしていないだろうか、と心配になってきた。

こういう時の予感はだいたい的中するので、零士は歩みを早め、オフィスへと向かう。

とにかく社長室へと急ぎ、中に入ると天宮はきちんと仕事をしていたようで、顔を上げた。

「やぁ、お帰り添島」

「……戻りました。そちらはお変わりなかったですか」

なんだか嫌な予感がしたのだが、天宮の表情を見る限りそうでもなさそうなので、ホッと胸を撫で下ろした。

「変わり、なかったよ」

だがそれもつかの間。

彼の言い方がどこか詰まったような気がして、零士は目を細めた。

「それ、本当ですか？」

「なぜそう思う。いつも思うが、君は疑い深いぞ」

全くもう、とでも言いたげに手を振って見せる姿に、さらに疑いを深くする。

「なんだか口調が違うんですよ。あなた、自分で普段通りにしゃべっていると思っているでしょうけど、何かした時はほんの少し言葉が詰まるんですよね」

今度は目を眇めて見せ、腕組みをする。

「怪しいですね」

さらに怪しいことに、彼は眼鏡をかけ始める。いつもはコンタクトレンズを入れているし、先ほどまで見ていた字が急に見えなくなることなんてないだろう。

「今日はコンタクトではないのですか？」

「……ああ、入れてたのを忘れてたな」

にこりと微笑んだそれで、もう決定的だった。

「何をしたんです」

「は？」

「だから、何かあったんでしょう？　どうせ私に知れることですから、早く言ったらどうです？」

「何のことだか……別に君に言うほどのことではないよ」

やっぱり何かあったんじゃないか、と零士は頭を抱えた。だが、そう深刻ではなさそうなので、一つ息を吐き、彼を見る。

「言うほどではないほど些細なことなら言えますよね？」

「ああ、でも、君の手を煩わせることではないから」

「だから何ですか、と私は聞いていますが？」

目を泳がせ、ようやく眼鏡を外した天宮は肩を落とした。

「添島、君は鋭いよね、いつも。そこが好きなんだが」

「ですから、そういう戯言はよして、きちんと話をしてください。仕事のことですよ、天宮」

彼が内心、わかったわかった、と言っているのが聞こえるようだ。向こうが些細なことだと思っていても、実際はそうでもないことだってある。普段はカニンガムホテル東京の社長として、毅然とした態度と社交的な微笑みを湛えているのだが、零士は長い付き合いなので彼のことなどわかりきるくらいわかっていた。

「依願退職者がね、増えたんだよ。特に、ハウスキーパー部門。で、彼らが辞めたあとの次の就職先を探すのがちょっと厳しくなってきたんだ」

彼は先ほどまで見ていた書類を零士に差し出してくる。それを受け取りパラパラとめくると、さすがにため息を漏らしてしまった。

「しょうがありませんね」

「まぁ、ね」

しょうがないで片づけられる案件ではなかった。

依願退職者が増えるということは、それだけ人手不足になる。当然、残留してくれる社員達の肩にそれがのしかかり、さらに退職者が増えるかもしれないのだ。

「依願退職者の希望があれば、次の就職先を紹介するという約束でしたが。結構希望が多いですね。しかも、日本経営のホテルで今と同じ給料を、とは……入り直せばまた一からだと決まっているのに」

「だな……ウチは実力主義だし給料いい方だからね。まぁ、人事部に任せるけど、ここもまた結構悲鳴が上がっているから、どうしたものか」

ふう、とため息をつく天宮を見て、書類を彼のデスクに戻した。

「ハウスキーパーにもインカムを導入、タブレットなどの電子機器の操作を入れたことが原因でしょうか。東京のハウスキーパー部門は他と比べると年齢層が高めでしたし」

「しかし、扱えないから辞めるというのもなぁ……東京は導入が遅すぎる。電子機器を使うのは、主にフロントかもしれないが、作業の効率化を考えると必要だろう。特にこのホテルの清掃はやり方が旧式だ」

「だから、立田《たつた》さんをハウスキーパーマネージャーにしたんでしょう？　彼はスター持ちですし、上に立つ経験もしている。以前よりもハウスキーパー部門は良くなったと報告を受けています」

立田悦郎《えつろう》というハウスキーパーマネージャーは経験豊富なスタッフだ。若いながらも、実力があり、優秀スタッフの証であるスターを二つの部門で獲得している。

スターというのは各部署のエキスパートに与えられる勲章のようなものだ。例えばフロント業務では接客や対応が素晴らしく、その業務に精通している人に与えられる。またスターの色は各部署で違い、赤、黄、緑など様々な色があるのだ。

「まぁ、立田はすごく頑張っているんだけど、あいつ、胃が弱いからきっと腹を撫でながら仕事をしているかもしれない。さっき話をしたんだが、彼が若いのもあるようで、なかなかスタッフをまとめ辛いところもあるらしい。……立田よりも年長のベテランスタッフが多いからね」

「だとしても、立田さんはしっかり頑張っているし、マネージャーという立場なのだからある程度は話を聞き、従うべきなのでは？」

「そこが納得できる人とできない人がいるんだろう。いきなりいろんな機器を導入され、明日から使ってくれでは目を回すかもしれないが、そこは馴れて欲しいところだ。改革しなければ、確実にここは潰れてしまう」

カニンガムホテル東京の経営再建のために派遣された社長が天宮清泉だった。彼はついこの間までカニンガムホテルロンドンの社長をしており、低迷しかけていたロンドンのホテルを立て直した。サービスの見直しと業務改善、プロモーション活動を少し増やしたところで黒字回復できたが、東京はそういうわけにはいかなかった。

業務改善以前に、他社と比べると遅れている部分もあり、ベテランスタッフも多く、なかなか下から上への意見も通り辛いという難点もある。

「まぁ、何を言ってもしょうがない。依願退職者には僕の面接だってあるし、引き留められる人がいるのならそうするよ。さっきの書類渡すから、彼らにはいつもの書面を送っておいてくれ。面接する時間や日付は、添島に任せるよ」

「わかりました。できるだけ時間を作ります」

「よろしく」

そう言って天宮は微笑み、立ち上がると零士の隣に来て、肩をポン、と叩く。

「で？　久しぶりの、アリス嬢との逢瀬はどうだった？」

かなり楽しそうな顔をして零士に問いかける天宮に、目を眇める。

「楽しそうだ」

「楽しいよ、そりゃ。だって、カニンガム家のお嬢様と婚約したってことで、やっと堅物の添島をからかえる」

「あなたはいつだって私をからかってばかりでしょう？」

「でもいつも、無視を決めるじゃないか。で？　どうだった？　彼女は相変わらずチャーミングだったね。しかも、フロントで仕事中だというのに誘われていたし」

にこにこしている天宮は、本当に楽しそうだ。こういうところも面倒な人だと思う。

出会った時から変わらない、彼の人好きさせる性格などに結局引っ張られてしまう。それも幸運なのかもしれないと最近思い始めていたのだが。

「ったく……一気にあなたへの評価が下がるところが多いのは、その性格故ですかね？　あなたのせいで俺の人生はずいぶんと様変わりしましたよ」

「そうかな」

「そうですよ。俺が、婚約すると思っていましたか？」

「いや、思ってなかった」

きっぱりと答えるのは、天宮も零士との付き合いが長いからだろう。

「すべてにおいてコストパフォーマンスが悪い、結婚をすると女性を従えているようで気持ち悪い、子供は苦手だからとにかく無理、だったかな」

軽やかに声を出しながら笑みを浮かべた天宮は、零士の肩をもう一度軽く叩いた。

「君は女性と付き合うこともなく、そういう気分の時、その時だけ、というスタンスを崩さなかった。誰かがずっと傍にいるのが苦手だって僕は知っている。だから、婚約した相手がアリスというのが、ものすごくびっくりだ。好き好きビームで攻撃されて、撃沈されたのが可笑《おか》しかったね」

「本当に、困ったことになっていますよ」

「いいじゃないか。人生の色彩りと思いなさい、添島」

人生の色彩りなんてもので片づけて欲しくない。

天宮とは腐れ縁で、大学の先輩だが親友と言って過言ではないほどの長い付き合い。それに、彼の人柄が好きだから結局惹かれて仕事をしている。

けれど、それはあくまで仕事相手、近くて友人という距離だから続けていられた。天宮もまた、そういう零士の性格を知っているからそうしていたのだ。ずいぶんとありがたい存在であると思う。

同性の天宮とはそれで上手くいったけれど、異性、まして結婚となると話は全く別になる。

ずっと傍にいるし、ずっと同じ時間を共有するし、肌も合わせる。

基本、肌を合わせるにしてもずっとべったりというのが嫌いで、終わったら離れるタイプ。

つまり、零士は人付き合いに向かない性格と行動をする人間なのだ。

「そんなもので片づいたら、俺は苦労しませんよ。正直、こっちの領域にずかずか入って来るアリスは、全く未知の存在すぎてどうしたらいいかわかりませんから」

「でも、好きなんだろう？　まぁ、あれだけ愛してくれて、愛し返さないなんてことになっていたら、僕は君を見限っていたけどね」

そう言って天宮は零士から少し離れ、微笑む。

「良かったな。愛する人ができて」

確かにその通りなのだが。

アリスと出会ってから一年で婚約したものの、未だに結婚の話が進展していない。その原因は自分にあることを自覚している。結婚はいつでもできる。慌てる必要もないはずだ。

「気難しいなりに、やっていきますよ」

「そうそう、その意気だ」

何もかもわかっているような言い方をされるのは気に入らない。いつもこの人といるとこうなってしまうから、それが面倒くさい。

「わかったように言って。あなたもそろそろ結婚を意識したらどうですか？　私よりも身持ちが固いあなたですし、恋人選びにも慎重な人ですから、婚活でもした方がいいのでは？　そうこうしているうちにすぐに四十の坂がやってきますよ？」

「辛口だな、相変わらず」

天宮は肩を竦めてから、近くのソファーにゆったりと腰を下ろした。

「そこは長所と言って欲しいですね」

「女を抱きたい時に適当な誰かとなんて、すべてにおいて僕は無理。その点、君はずっとそうだったからすごいな」

「節操なしみたいに言わないでください。私はべったりが嫌いなだけで、ドライな関係が好きなんです。つかず離れず。自分の性格などと折り合いをつけるにはそうするしかなかったのだから、しょうがありません」

とにかく、誰かと付き合うなんて無理。ずっと一緒になんて無理。だから一夜限りの軽い関係で、必要以上に深入りしないのが零士だった。

人を愛するなんて無縁だと思っていた。両親は惜しみなく愛してくれたと思うが、持って生まれた心はそうだったからしょうがないこと。

「でも今は一筋じゃないか。とても羨ましい」

「……そうですね、そういうことになります。ありがとうございます」

たった一人の人とずっと過ごしたり、身体の関係を続けたりなんて全くなかった。それが自分という人間でこれからもそうだと決めていた。

だから意に反して、一人の人に決めてしまった自分にいつも零士は驚く。

零士と抱き合いたいと頬を染めねだるアリスの肌を愛撫しておきながら、時間の関係で最後までしなかったことが、ストレスになるなんて信じられない。

「それよりも、午後から時間があるのならさっそく面接を始めましょう」

「え？」

「こういうことは早くすませておくに限ります。あなたもわかっているでしょう、天宮」

「……わかってるよ。じゃあ、さっそく始めてくれ。時間は君が管理してくれるな?」

「もちろんです」

「じゃあ、よろしく頼む」

天宮にわかっていることをあらためて突っ込まれて、アリスのことを思い出してしまった。眠ったまま彼女に挨拶もせずに出てきてよかったのだろうかと、毎回思う。思うがいつもそうしてしまうのは自分の癖。

たぶんこんな零士に、いつかアリスは愛想を尽かすだろう。

でもそうなってしまうまでは彼女の傍にいて、らしくない自分に驚く日々を過ごすのも人生だと思う。

零士の人生は明らかにアリス・カニンガムと出会い輝きを増した。

これからもしばらくは輝き続けるだろう。いつかが来るまではそれを楽しむことにしよう。

そう心の中で呟きながら、零士はさっそく面接のための時間の調整をするのだった。

5

朝の陽ざしが昼に変わるころ、アリスは幸せな気分で目を覚ました。

それは久しぶりに会った大好きな零士に優しくも熱く抱かれたから。

「好きだって言ってくれた」

寝ぼけ眼《まなこ》で微笑み、寝返りを打って初めて気づく。

「零士！」

隣にいるはずの温もりがなかった。

慌てて時計を見ると、もうすでに午前十一時半を過ぎている。

「あ……また……」

今度は起こしてね、といつも言う。出て行く前に必ず顔が見たいと、この前も言ったというのに、また零士は何も言わずに日本へ帰ってしまった。

「どうして……私、いつも起きられないんだろう」

零士と過ごす時間はいつも少ない。だから結局、話すよりも抱き合う時間が多くなる。

特に昨日は夜勤明けだったから、身体が疲れていても神経は高ぶっていて、自分から彼を求めた気もする。

何度零士にもっと、と言っただろうか。思い出すと顔が熱くなりながらも、もう彼がいない悲しみも強くなる。

「起こしてくれたっていいでしょう？　零士のバカ……」

絶対、アリスが眠っているからという理由でスッといなくなったに違いない。

零士はどこか一線を引いていて、時々何を考えているんだろうと思うし、とてもドライで優しくないと感じる時も多い。

だからいつもアリスは構って欲しくて、やたらと零士の名を呼んだりくっついたり、抱き締めてみたりと忙しい。もっとこっちに心を向けて欲しいのに。

黙って飛び立ってしまった彼の行動に泣きそうになる。

「っていうか、泣く」

じんわりと目頭が熱くなり、涙がポロリと落ちてくる。けれど、泣いていても零士は帰ってこない。とりあえず彼が近くに置いてくれていたらしい下着を身に着け、ベッドの上に無造作にあるバスローブを着てリビングへ。

そうしたらいつもと同じ通りに、テーブルの上に書き置きがあった。

『アリスへ　眠っているので起こさずに日本へ帰ります。次に会う時は、あなたが赴任してからでしょう。それではまた』

いつもと同じような文言を見て、ぐっと眉間を寄せた。知らず下唇を噛む。

「だからね、起こしてって言ったでしょう？　わかりましたって言ったじゃない。全然わかってないじゃないの」

好きだと言ってくれて嬉しいけれど、こんなのは嫌だ。まるで本当に置いて行かれたような気がする。

それとも、この寂しい距離感を大事にしてずっと彼とともに生きて行けばいいのか。

零士はきっと、若いアリスだから別の誰かが、とまた言うのだろう。出会ったころから、散々、彼から言われてきた言葉だ。

『結婚は早すぎる。あなたはまだ若い』

ただそれだけを何度も言われ、でも何度も言い返した。

『若くても考えてるの。あなたと生きて行きたいし、ずっと傍にいたいの！』

言い続けて、何度も彼に好きだと口にして、やっとわかりましたと言ってくれた。彼の口から結婚しましょう、なんて言われなかったけれど、それも彼らしい感じがして嬉しかった。

でも、相変わらず遠くて遠くて、本当に寄り添えなくて。

「もうすぐ日本に行くけど、その前にもう一回、会いたい」

日本へ行きたいと言ったら、きっともうすぐ赴任だから必要ないと言われそうだ。けれど、どうしても会いたい気持ちが募る。

一緒に暮らす日が近いからこそ、準備も必要だと彼に言おう。

今日は休みだが、明日は仕事だ。きっと零士は明日日本に帰着するだろう。仕事が終わって連絡をして、それから日本へ行く日程を考えて、と思ったが首を振ってその考えを追い出す。

「零士だっていつも何も言わずに帰るんだから、私だって……」

シフトを頭に思い浮かべて、じっと空を睨むように見つめる。

今週いっぱい仕事をしたら、四日間休みがある。アリスが勤務交代などを引き受けたためそうなったのだが、ラッキーなことに嬉しい四連休になった。強行だが、日本へ行って帰る余裕はある。

そう思うと、もうそれしか考えられなくて、アリスは書斎に行き、パソコンの電源を入れた。

「日本へのチケットは、と……」

泊まるのは彼の家でいい。だが、零士のマンションには行ったことがない。いずれ一緒に住むのだ。彼の住むマンションだから、ついでに見ておくのもいいだろう。

合い鍵はまだ一緒に住んでいないから、ともらっていないけど、連絡したらきっと大丈夫なはず。

「なんだか楽しみになってきた」

きっといきなり日本へ来たアリスを見て、零士は顔をしかめるだろう。けれど、アリスはそんな彼も好きなのだ。

「気持ち、負けないんだから」

マウスをクリックしながら、最安チケットを探す。

アリスは出身が名家であっても、就職してからは一切家の援助は受けずに、ほかのホテルスタッフと同じお給料で生活をしていた。だからできるだけ安く上げたい。

彼と会う時間を作るためのチケットを探すのに、パソコンとにらめっこした。その時間は楽しくて、零士と会ったらまずは何をするかを考え、抱き締めようと決めた。

比較サイトを見ながらアリスはチケットの手配をし、零士に会える日を心待ちにするのだった。

☆　☆　☆

日本への格安チケットを探していたが、結局はそういうチケットだとトランジットが多いため、直行便にした。できるだけ早く零士と会うこと、そしてできるだけ早くアメリカと日本を行き来できるのは結局直行便。

さすがに直行便は高く、アリスのお財布事情では厳しかった。しかし、どうしても零士と会いたかったので、多少無理をしてチケットを取ったのだ。

おかげでお小遣いは減ってしまったから、しばらく節約生活をしなければならない。

そんなこんなで日本の地に降り立った時、渡航の疲れもあったが、それ以上に嬉しさの方が大きかった。実は日本へ来るのは初めて。

アリスの母方の祖父母は日本人だが、旅行にかこつけてアメリカへ渡航し、孫に会いに来るのを楽しみにしていた。だからアリスは日本に訪れたことはない。

本来、婚約したのだからアリスは零士の家へと出向いて彼の両親に挨拶をするべきだが、彼はしなくていいと言って、向こうの両親がアメリカに来てくれた。

零士の両親は海外旅行を数回しか経験したことがなかったらしく、彼に連れられアリスに会いに来た時は大変喜んでいた。

零士が両親を旅行に連れ出してくれたのも初めてであり、子供のころ以外家族旅行をしたことがなかったと言われた。

そこでいろいろと彼の母親が話してくれた幼少時代の零士は、両親にとって物足りなさを感じさせるものだったし、アリスも聞いていてその通りだと思った。

『あまり外で遊ばないし、買って欲しいものは本ばかりで。一人でいるのが好きだったわ。

進学の時だって、大して相談したり、衝突することもなくて、とにかく手のかからない子だった』

一番印象に残っているのは、一人でいるのが好きだったということ。

アリスと婚約をする時、彼は自分でこう言ったのだ。

『私は本来、一人でいるのが好きです。だから生涯、結婚もする気はなかった。自分ではいつも通りでも、あなたが寂しく感じる時が多くなると思います。でも、ちゃんとあなたのことを考えて、好きでいるのだと理解してください』

何とも硬い言い方をされ、その時アリスは微笑んで頷いた。

彼の最大の優しさだったと今はわかるけれど、アリスは彼と出会って自分がスキンシップが好きだということに気づいた。

一緒にいる時は、手を繋ぐか腕を組みたいと思う。後ろから抱きついて甘えたい。キスをして欲しいし、たくさん語り合う時間が欲しい。

できれば零士とそういう時間を少しでも持てたら、あと少しだがニューヨークで過ごす一人の時間も乗り越えてゆけそうだった。

そこでハッと我に返り、まだ空港にいることを思い出す。こんなことを考えるよりも早く移動しなければと、小さなスーツケースを引っ張った。

バスなどを乗り継ぎ、零士の住む最寄り駅までやってきた。その駅はカニンガムホテル東京と直結している、地下鉄の駅だ。

一度外観だけでも見ておこうと、階段を上りホテルを見上げる。

「わ！　さすがに凄いホテル。他を圧倒している感じ」

もうすぐここで働くのか、と心臓がドキドキする。

カニンガムホテルニューヨークも大きいが、同じくらいの規模に見えた。緩やかな流線型の建物は現代的だったし、ミラーのような窓は磨かれて光を反射して、カニンガムホテルグループらしい堂々とした趣があった。

ホテルの中に入って行く人々も身なりのいいアッパークラスの客に見えた。オシャレで素敵で、零士もここで働いていると思うと、さらに胸がドキドキしてしまう。

今すぐ会いたいと思うが、そこはグッと抑えてまずは彼のマンションを探すことにした。初めての日本で道がわからないので、少し緊張しながらタクシーに近づく。

零士以外の人に日本語を使うのも久しぶりだった。父母はアリスに英語も日本語も話せるように、と言語については少し厳しかった。

けれど日本語を話す相手は両親と零士くらいで、不安を感じながら零士の住所を書いたメモを運転手に渡す。

「私、この住所まで行きたいんですが」

「はい……ああ、割と新しいマンションですね。わかりました」

短いフレーズだがきちんと通じたことにホッとする。運転手はアリスにメモを返してくれて、発進した。特に何も話さず、五分ほどで着いた場所はマンションというよりは、ちょっとしたビルのような高層の建物だった。

「歩いても、車に乗っている時間と同じくらいで行けますよ」

「……そうなんですか？　初めて来たので……ありがとうございます」

運転手に運賃を支払い、アリスはマンションの前に立った。合い鍵を持っていればすぐに入れるが、残念ながらそれはないので、エントランスまで入ろうと思いスーツケースを引っ張る。

「えっと、入る時はたぶんこのボタンを押せばいいのね」

エントランスの扉は重厚な木製の扉で、天井も高く、扉横のガラスから中を覗くとちょっとしたロビーもあって過ごしやすそうだった。エントランス前の植栽も美しく、日ごろからきちんと手入れされているのが見てとれた。

場所の確認だけをしたかったので、アリスはそのまま踵を返し、今度は歩いてカニンガムホテル東京へ向かう。

エントランス前のアプローチを抜けて表の大通りに出ると、もうすでにホテルが見える。零士は歩いて出勤していると言っていたことを思い出し、アリスもスーツケースを引っ張って歩き始めた。

アリスの目的は、ただ零士に会うことだけ。時間を潰すのには、ホテルで食事かお茶をすればいい。そしてもしも零士を見かけたら、遠目で見なければと思う。きっとまだ仕事中で、邪魔はしたくない。

「っていうか、見つかったらもうすでに邪魔、ね」

いろいろと思うところもあり、大好きな婚約者に会いたいだけで初めて日本に来た。できるだけ見つからないようにと思いながら、アリスは期待と興奮に胸を高鳴らせた。

☆　☆　☆

零士に日本へ来たことと、ホテルで食事を摂るという旨をメールした。成田《なりた》に着いたのは午後四時過ぎで、零士のマンションを確認したりしていたため、もうすでに夕食の時間になっていた。

とてもお腹が空いたアリスは、とにかく空腹を満たしたかった。

零士はＳＮＳの類を一切していない。きっとまだ仕事をしているだろうから、あえて場所は知らせず、ホテル内にあるフレンチレストランに入った。

スーツケースをあずかってもらい、席に座るとメニューを渡された。

時間的にやや早いためか、アリスともう一組の客しかいなかった。

学生時代、つまり就職する前はいつも父か母に、食事へ連れて行ってもらっていた。だから値段を気にせず、これが食べたいあれが飲みたいなど言っていたが、今はそういうわけにもいかない。

普段はこんな店に行かず、自炊をするようになってそれなりに料理の腕は上がった。けれど、せっかくなのだから美味しい食事が食べたい。

浮かれた気持ちのままメニューを見て、ハッと目を見開いてしまった。思っていた以上に値段が高い。東京の物価を甘く見ていたことに気づく。

ただでさえ、フライトにお金を使ってしまったアリスは、なるべく出費を抑えたかったのだ。

「あ……や……どうしようかな……でも、座っちゃったし」

仕方がないから、一番安いコースを頼もう、と心に決めた時だった。メールの受信を知らせる音が聞こえ、開くと零士からの返信だった。

『どこにいるんですか?』

相変わらず短い返信だと思いながら、アリスもメッセージを送る。

『それは内緒。今日は零士の家に泊めてね。フライトチケットで金欠になったから』

返信をしたあとすぐにまたメールが返ってくる。

『だからどこにいるんです?』

ふと、零士と一緒にご飯、と思ったがまだ仕事をしているだろうと考え直した。そろそろ午後六時を回るころとはいえ、秘書の仕事は多岐にわたるから忙しいかもしれない。

それに、お財布事情が厳しいアリスだから、きっと彼がこの高い料理の支払いをするだろう。好きなものを頼んでいいと言うだろうし、アリスの好きなシャンパンを頼んでくれるはずだ。

でも、そうしてくれるからといって零士に、すぐにここにいますと言いたくなかった。下唇を噛みながら心の中で唸り、メールへの返信を後回しにすることに決めた。とりあえずこの一番安いコースを、と思って店内のスタッフに目を向けると、それを遮るかのように誰かが目の前に来た。

コンコン、とテーブルを軽く叩かれ、メニューから顔を上げると、見知った人物。

「アマミヤ……あ、と、天宮社長、お久しぶりです」

日本語でどうにか言い直すと、彼は少し驚いたように目を瞠ってから、首を傾げる。

「どうしたんですか今日は？　なぜ日本に？　仕事は？」

本来ならニューヨークにいるだろうアリスが日本にいるのだから、びっくりして当たり前だし、矢継ぎ早の質問にも頷ける。

「休みなんです。だから、零士に会いに……」

「彼はさっき上がったよ。君が来ていることに驚いていた」

仕事終わったのか、とアリスは目を泳がせる。

「まだ仕事をしているのだと思って。それに、とてもお腹が空いていたので……でも、やっぱりカニンガムホテルのレストランは、価格が違いますね」

アリスが微笑むと、彼は自信ありげに頷いた。

「カニンガムホテルだからね」

次に彼は苦笑してアリスの前に座った。そしてアリスの手からメニューを取る。

「君のお給料では食べられるとは思うが、渡航費用も出したあとでは厳しいんじゃないかな?」

さすがに彼は社員のお財布事情を知っている。きっと、アリスがカニンガムホテルの給料だけで暮らしているのを知っているのだろう。

「まぁ……そうです。美味しいものを食べたいなぁ、と思ったら自然にここに来てしまって。座ったからには食べないといけないと思っているところ、です」

日本語大丈夫かな、と窺うように天宮を見る。特に聞き返されることもなかったので問題なさそうだが、彼は可笑しそうに笑っていた。

「さすが、カニンガム家のお嬢様だ。癖はなかなか抜けないよね」

言われた言葉に一瞬黙り込んでしまう。確かにそうなので何も言い返せなかった。

「天宮、社長はなぜここに?」

「さっきまでここのシェフと打ち合わせをしてたんだ。ふと見知った顔を見つけてね。まさかあなたがいるとは思わなかった。添島がそろそろ電話をかけてくるころじゃないかな」

にっこりと笑った彼がそう言った時、本当にタイミングよくアリスのスマートフォンが鳴り始める。天宮を見ると軽く肩を竦め、早く電話に出たらとでも言うような顔をした。

「もしもし」

『アリス！　どこにいるんです？』

「あ……お仕事、終わった？　仕事中だったらいけないから、ご飯食べてようかと思って……」

『だから、今、どこですか、と聞いてます。私の言葉が通じないんですか？　アリス』

その言い方にムッと来たが、なんとなく言いたくない。ディナーの料金を払ったらお金がなくなるんです、と言うのが恥ずかしい。

逡巡しているうちに、アリスの手から天宮がスマートフォンを取り上げる。

「あ！」

「カニンガムホテルのフレンチレストランだ、添島。通りかかったら、ちょこんと座ってたよ？　アリスお嬢様」

そう言って勝手に電話を切ってしまう。

アリスお嬢様と言われたことにもムッと来て、軽く天宮を睨む。

「別に、婚約者にディナーの支払いをしてもらうのは恥ずかしいことじゃない。それに、あなたみたいな育ち方だったら、なんとなくここに来るのも不思議じゃない」

「そうかもしれないけど、でも私は今、お嬢様でも何でもない、カニンガムホテルの社員。ちょっとした癖は抜けないけど、高いものをねだるつもりはないの。自分の今の状況に見合った生活をしたいと、ずっと努力しているつもり」

つい普段の調子で天宮に言い返すと、彼はただ笑った。

「君達二人の事情はわからないけど、今の状況だと君のお財布は厳しいんだろう？　だったら、彼に寄りかかるのもいいんじゃないかな。だって、二人の人生はこれからが長い旅なんだから。婚約期間の今、そんな風に息を切らしていたら最後には共倒れになりそうだ」

それに、と彼は続けて口を開く。

「添島だって、それなりのポジションだし、正直君の二倍はお給料をもらっている。あと、言わせてもらうなら、良いデートになるんじゃないかな。この前は僕が忙しくてあなたとの時間を取れなかったみたいだし、このあと、添島とスイートに宿泊したらどうだろう？　彼のマンションへ行くよりはロマンティックな夜を過ごせる」

デート、と聞いて瞬きする。

彼との出会いはアメリカで、しかもかなり押せ押せな付き合いで、遠距離だったことからデートなんてろくにしたことがない。会うのはいつも昼間で、ディナーよりもランチばかりだった。

今思えば、ディナーは一回だけかもしれない。

彼と初めて夜を過ごした一回だけ。

「会いに来たのなら、甘えていいと思うけど？　一人でいるのが好きな男が、婚約までしたあなたならね」

天宮の視線が逸れたと思ったら、軽く手を振った。アリスもつられて後ろを振り返ると少し焦ったような零士がいた。

「やぁ、遅かったな」

天宮の言葉に零士はほんの少し眉根を寄せ、整えるように大きく息を吐いた。レストランまで急いで来てくれたらしい。

少し焦ったように見えるのは、髪の毛がやや乱れているからだ。

「エレベーターが混んでたので、階段で来たんですよ……っていうか、アリス！」

声を抑えていたが、彼は少し怒ったような口調でアリスを呼んだ。アリスを見る目が厳しい感じがして反射的に背筋を伸ばしてしまう。

「はいっ！」

キリッと返事をすると彼は、ふう、とため息をつく。

「いつ来てもいいですが、予め連絡をしなさい。あなたは婚約者の私に連絡したくないんですか？」

零士のその言い方がなんだか嬉しかった。

いつ来てもいい、婚約者、という言葉だけでもうすでにアリスの心は舞い上がっている。厳しい調子の言い方だが、そんな中にもアリスを思う言葉がある。

なんだかんだ言っても、優しい人なのだ、零士は。

「まぁまぁ、添島。アリスお嬢様はお腹が空いているらしい。僕の代わりに、フレンチを食べたら？　それと、スイート一部屋取っておこうか？」

「……食事はいいですが、部屋は結構です。マンションに彼女と帰りますから」

「そうか。じゃあ、よろしく頼む。未来の添島夫人、また、あらためて日本勤務になった時に」

天宮は微笑み、アリスの手に軽くキスをして背を向け、レストランを出て行く。

「……全くあの人は……」

「天宮社長が、私のこと、添島夫人って言った」

その夫人という響きがくすぐったく、嬉しくて目を輝かせて零士を見る。立ったままだった零士は先ほど天宮が座っていた席に座り、ため息を吐く。

「来るなら一言言ってください」

「お邪魔かと思って……零士。きっとまだ仕事中だと……」

零士は眼鏡を指で押し上げ、メニューを開き、店のスタッフを見る。そうするとすぐに席にやってきた男性スタッフに、料理を注文した。

「食前にシャンパン、甘口だったらなんでもいいです。彼女には牛ヒレ肉のポワレのコース、私にはスズキのソテーのコースを。ワインは飲みたくなったら頼みます。以上です」

彼はてきぱきと料理を頼んだあと、スタッフにメニューを渡した。

「私、食べたいものが何か言ってない」

「どうせいつも肉でしょう？　それで魚も食べたいと言い出したりするから、最初から肉と魚にしました」

わかったように言われて、アリスは口をつぐむ。

「確かにさっきまで仕事してましたが、それよりいきなり日本に来られたりすると心配します。とりあえず、食事して腹いっぱいになったら私のマンションに行きましょう。これからは事前連絡をお願いします」

思うところがないわけではなかったが、アリスがおとなしく無言で頷くと、彼はほんの少し微笑んだ。

「遠いところによく来てくれました。仕事は大丈夫ですか？」

零士の言葉に一瞬にして舞い上がり、キュンとしてしまう。零士の笑顔が見たかったし、彼の声が聞きたかった。それに、肌に触れたかった。

「私に会いたかったんですか？　アリス」

「……当たり前でしょ？　また置き手紙残して勝手に帰った。これで三度目……起こしてって言ったのに」

「起こしても、起きなかったんです。だから疲れているんだと思って」

「それはそうかもだけど、私達離れて暮らしているんだから、出て行く時は抱き締めるとか、キスをするとかするべきだと思うの」

「そういう習慣がないだけです。日本人なので」

私だって半分は日本人です、とアリスは心の中で叫んだが、育ちはアメリカなので何も言えない。キスはともかく、ハグは最低限のスキンシップ。

それさえも零士はダメなのかと思うと、シュンとなる。

「あと少ししたら、そんなことで気を揉まなくてもよくなる」

「でも、私、日本に来てあなたと一緒に住んだからってそれが改善するとは……」

そんな風に思えないと、アリスは下を向いてしまう。そうしているとレストランのスタッフが、アリスのグラスにシャンパンを注いだ。零士のグラスにも同じように注いで、シュワシュワと泡を立てる音が聞こえてくる。

本当は大好きなシャンパンなのだが、すぐ飲む気になれなかった。

「あなたとのディナーはこれで二度目ですね」

アリスがはっとして顔を上げると、彼はグラスを持ち上げた。

「一度目はカニンガムホテルニューヨークだった。同じフレンチで、あなたは今日と同じように肉料理、私は魚料理。部屋を取っていると言ったら、あなたはそれまで美味しそうに料理を食べていたのに、急に食べなくなった」

優しく微笑む彼に、アリスは初めて夜を過ごした日を思い出した。

「だって、急に、そんなこと言うから。あの時は、ただのデートだと思ってた」

覚えていてくれたんだ、とアリスは嬉しさと彼への愛情で胸が温かくなる。零士とは遠距離だから、普通の恋人や婚約者みたいにデートができない。

だからたった一度のディナーの経験が、アリスにとっては宝物だ。

「付き合って数ヶ月経ってキスもしているのに、ディナーのあとに誘わないわけがないでしょう。そういうことは、ほとんどしたことがなかったけど、あなたにはしたんですよ、アリス……グラス、持ってください」

零士に促されて、シャンパンの入ったグラスを持ち上げる。

そうして彼がカチンとグラスを合わせてきた。

「初めての来日と、二度目のディナーに」

何とも言えないような、面映ゆい気分。

あまりしたことがないことをアリスにはした、と言われてとても嬉しい。そしてこんな風に祝ってくれて、胸がいっぱいになる。

お互いを見つめながらシャンパンを一口飲んだ。すると零士の方から口を開く。

「あなたのフラットには遠く及ばないけど、結構広いマンションです。しっかり見て、荷物をどこに置くか決めたらいい。ベッドも、あなたの部屋にあるのと同じくらいの大きさのものを用意しています」

「……本当に？」

「一応ね。あまりくっついて寝るよりも、ゆっくり寝たいんですが、そこは譲歩してあげます。傍にいるのが当たり前になるでしょうから」

今日はきっと零士のサービスデーだ、とアリスは気分が高揚する。傍にいるのが当たり前になる日常が、早く来るといい。

アリスが目を輝かせて笑みを向けると、彼はもう一口シャンパンを飲んで、グラスを置いた。

「もう一度言いますが、何も言わず来るのはよしてください」

「もうわかったから……もうしないから、そんなに何度も言わないで」

わかってる、とアリスは眉を寄せて横を向く。

「本気で心配したんです。だから、これからは必ず事前に連絡をください」

「はい……」

ムッとしながら返事をしたのは、まるで説教されているようだったから。アリスも成人した女性であるし、自分の行動に責任は持っているつもりだ。

「あなたは、カニンガム家のお嬢様です。何かあったらどうするんですか？　きちんと知らせてくれれば迎えに行きます。事故にでもあったらご両親が悲しみますよ？」

子供扱いと令嬢扱いのごちゃ混ぜだった。アリスにも言い分はあったが、その気持ちをグッと抑え何も言わずうつむく。

確かにアリスは一人っ子だし、カニンガム家の令嬢というのはアリスだけだ。父母には厳しくも大事にされている。

でも零士は、まだ婚約者で保護者でも夫でもないのに。

アリスは下唇を噛んで、一気にシャンパンを飲むと、スタッフにお代わりを頼んだ。

「アリス、聞いてます？」

「聞いてる……ちょっとしたサプライズだったのに、子供みたいに説教されるのは嫌。私は零士が好きだから、会いに来たかった。それだけ」

飲み物がないので、ミネラルウォーターをゴクゴク飲んだ。その様子に零士は瞬きをしてため息をつきながら眼鏡を指で押し上げる。

「私の大事な人に、何かがあったら……私だって嫌ですよ、アリス」

顔を上げると、彼は優しい眼差しでアリスを見ていた。

「これからは連絡をください。いいですか？」

零士は念を押すようにそう言ってから、テーブルの上できゅっと握っていたアリスの手の上にそっと手を重ねた。

ホッとしたように笑みを浮かべる零士と視線が合い、本当に心配していたのだと、やっと今、わかった。

「ごめんなさい。心配かけるつもりはなかったの」

「わかってますよ。私に会いに来てくれたのは嬉しいです」

彼の言葉に熱くなる身体を冷ますように、アリスは二杯目のシャンパングラスを傾けた。

それを見た零士は少し落とした声で言う。

「酒もほどほどにしてください」

「言われたら、飲みたくなっちゃう」

アリスが小首を傾げると、零士はこちらをじっと見る。

「あまり酔うと、家に帰っての気持ち良さが長続きしませんよ。あなたは酒が入ってセックスするとすぐ寝落ちするから困るんです」

シャンパンのせいではなく、一気に顔が熱くなる。

スタッフは遠くにいて、まだ時間が早いこともあってアリス達のテーブルの周囲には客は少ない。きっと聞こえないだろうけれど。

「そ、そんなこと……今、言うの？　零士」

さっきまでまるで子供扱いしていたのに、今度は大人扱いをされる。

「何もしないでただ寝るんだったら、どうぞたくさん飲んでください。ここのワインは良い物を常備しているから、どれでも頼んでいいですよ」

そう言う零士もシャンパンを飲み干し、お代わりを頼む。彼がお酒に強いことは知っている。

「……ほどほどに、する」

どちらにせよ、お財布状況は厳しいし、と言い訳のように内心で呟いて心を落ち着かせるけれど。

確かに彼の言う通り、お酒をちょっと飲みすぎてイカされたあとすぐ寝落ちしたことがあった。だから何も言えないし、このあと彼の家に行ってすることを考えると、なんだか胸がいっぱいになってもう飲めない気がした。

そんなアリスの胸のうちを知ってか知らずか、零士は平然としている。

「そうしてください。一緒に良くなりたくないですか？」

唇の端だけで微笑むのが何とも色っぽくて、アリスはこくん、と息をのむ。

「零士もほどほどに……するよね？」

落として上げる彼に、ちょっと言い返してみたけれど、彼はさらに上手だった。

「私は酒には強いですからね。多少達するのが遅くても、その間は快感が増すし、あなたのどうしようもなく蕩けた顔を見ていられるから、別にいいですよ」

アリスはその言葉に顔が真っ赤になった。周りに聞かれていないかとあたりを見回してしまう。

自分の身体が熱を帯びてくるのを感じているが、当の零士は違ったようで。

先ほどの言葉とは裏腹に、運ばれてきた前菜に涼しい顔で箸をつける。ここは日本だから箸でもいいのか、と思うけれど。

「そういえば、アリス。箸は使えるようになりましたか？」

アリスはキュッと唇を引き締め、返事をしないで目を泳がせる。アリスの目の前で箸を使ったのは、もしかしてアリスにお手本を示すつもりだったのかもしれない。

零士から前に言われたことがある。

『箸を綺麗に使える人は好きですね』

日本語はきっちり習っても、母は箸の使い方はあまり教えてくれなかった。

「使えるようになるから……」

「そうですか。ありがとうございます」

使えるようになるから絶対、と言い張ったのはアリスの方。

でもまだ上手く使えないのでフォークとナイフ。別にいいよ、と零士は言うけれど。

零士といるとキュンとしたり落とされたりと忙しい。でも、綺麗に箸を使うその手だったり仕草だったり、ぜんぶ好きだと思う。

アリスの方が重症なのがやっぱり悔しくて。

「零士、大好きだから」

「ありがとう、アリス」

あっさり短く答えられたけれど、アリスはフォークとナイフを使って前菜に手をつけるのだった。

6

シャンパンをほどほどに飲み、カニンガムホテル東京のフレンチでお腹いっぱいになったアリスは、零士と歩いてマンションへと向かった。

歩いて五分ほどで着きます、と零士から言われ、タクシーを使ってしまったのがもったいなく感じた。

就職する前は何も考えずによく使っていたのだけれど、本当に親のありがたみ、お金のありがたみがすごくよくわかる。

「零士は出勤のために近い場所を選んだの？」

「ええ、ストレスなく出勤したいから、勤務先に近いマンションを賃貸したんです。あなたの日本勤務が決まった時から、二人で住み、値段も給料に見合ったマンションを考えていたら、ちょうど空きがあったのでね」

零士はアリスの日本勤務が決まった時に引っ越しをした。二人で暮らすための部屋を借りたと聞いた時、とても嬉しかった。つまり結婚前に同棲するわけで、いよいよ彼が籍を入れることを考えているのかもと胸が高鳴った。

「あなたのフラットと比べたら、ウサギ小屋のように狭いですからね」

「ウサギ小屋？」

意味がわからなくて首を傾げて零士を見上げると、彼は肩を落としアリスに言った。

「もののたとえです。日本では狭い家のことをウサギ小屋、と表現することがあるんですよ。あまり良いたとえではないけれどね」

「そんなに狭いの？」

「あなたの住居よりは、かなり。ただ二人で住むには十分です。あなたが自由に使っていい部屋もあるから、そこに引っ越した時の荷物を置くといいでしょう」

彼の言うことにいちいち頷きながら聞く。

零士の手が空いているので、アリスは勝手に手を繋いだ。スッとほんの少しだけ緊張したがすぐに解れ、彼は手を離さずに歩いてくれる。いつかこんな風に仕事帰りに手を繋いでこの道を歩くことになるのだろうか。それが日常になればいいなと思って、零士の顔を見上げた。

「男の人と手を繋ぐのは、零士だけ。零士が初めて」

零士はアリスの言葉にクスッと笑って、そのまま優しい目を向ける。

「私も初めてですけどね。だからまだ不慣れなんですが。初めて同士なら、上手くいかないことは当たり前ですね」

次に、彼は優しい目をスッと直し、厳しい目になる。

「初めて同士ですから言いますが、私はサプライズは嫌いです。まぁ、会えてよかったですけど」

「なんで？　サプライズって素敵じゃない？」

アリスが口を尖らせて言うと、彼は首を振った。

「自分がするのは良いですけど、人からされると騙された気分になるから」

「ええっ？　なにそれ⁉」

彼の顔を睨めつけるように顔を上げると、眉間に指が触れる。

「ここに皺があると、美人が台無しです、アリス」

皺を寄せるようなことを言ったのは誰？　と言いたいけれど、その触れた指が優しくて、結局フワッと笑みが零れてしまう。

「わかった。ねぇ、零士、一緒に住んだら毎日一緒に眠れるよね？」

「さぁ、どうでしょう。あなたは企画部だから夜勤はないでしょうけど、お互い遅くなることもありますから」

「あ……そうね」

零士は天宮付きの秘書で、天宮の仕事は今は大変な時期。アリスもまた、企画部となったら接待も残業もあり、帰宅が遅くなることもあるだろう。

だとしたらすれ違うことも多くあるのではないかと心配になる。

「日本とニューヨークよりも、二人で過ごす時間が多くなるでしょうね」

その言葉に嬉しくなり、繋いでいた手を離し、足を止めて彼の腕に両手を巻きつける。

「私、零士とずっと一緒にいたいな」

「ずっと一緒にいたら、飽きるかもしれませんよ、アリス」

彼の腕に手を巻きつけたまま彼を見上げる。

アリスも背が高い方なのだが、ヒールを履いても彼の顔はまだ上にある。日本人にしては背が高い彼との、その距離感が好きだ。

でも、ずっと一緒にいたら飽きるかもという言葉は嫌だった。

これが彼だとわかっていても、たまにはもっとこう、アリスを好きでたまらないような言葉が欲しいと思うのはわがままだろうか。

マンションのエントランスに入ると、彼はアリスの手を離し、暗証番号を入れて自動ドアを開けた。

「私は一定の距離感が好きなんです。でもあなたとは、近づきたいと思っています」

自動ドアの向こうへ歩いていく彼を、立ち止まってじっと見た。なんだか自分から離れていってしまうみたいと思ってしまった。だからドアが閉まりそうになって慌てて彼を追って入ろうとすると、ドアが閉まってアリスは激突してしまった。

「……っい！」

ゴン、と額をぶつけてしまい、額を押さえて痛みをこらえる。彼がすぐに振り向いて、自動ドアを開きアリスの手を引いた。

「何をやっているんですか……気をつけなさい」

「あ……うん、ごめんなさい……零士が離れて行くみたいに思えて……」

彼はアリスのことが好きだとわかっている。でも、ちょっと考えてしまって不安な気持ちになってしまったのだ。

「零士が、私から腕を離すから」

アリスが唇をキュッと引き締めてそう言うと、彼はため息をつく。

「離れていない。だったらもう一度摑めばいいでしょう？　いつもそうしているくせに」

「いつもそうしててもね、なんかね、一定の距離感とか言われたら、そういう行動ができなかった」

エントランスで話す内容ではない。でも今言わないとダメな気がしたのだ。

「そんなこと言わないでよ、零士。好きなの。私、あなたの婚約者でしょう？」

「そんなに不安になるようなことを言ったつもりはないんですが……気をつけます」

彼がアリスに手を差し伸べる。手を繋ぐのに慣れていない彼が、差し伸べてくれるそれが嬉しい。

「無理してない？」

覗き込むように聞くと、零士は少し声に出して笑った。

「してませんよ。あなたによって変えられていく自分を楽しんでます」

彼はアリスがあまりにも距離を縮めていくから、努力してくれているのだ。初めてのこと、今まではしなかったことを受け入れてくれている。アリスはますます零士に惹かれていく自分を自覚した。

手を引かれ、エレベーターの前に行く。ボタンを押すとすぐに開いたので、彼と手を繋いだまま乗り込んだ。

「正直、誰かと住むなんて、夢にも思いませんでした」

「え？」

「誰かと恋愛をするとは、思っていなかったので……あなたのために賃貸物件を探すなんて、自分の人生にこんなことが起きるとは想像もできなかった」

「私は零士が初めてのことばかりだけど、私も零士に初めてのことをさせているのね」

「ええ」

彼は返事をしたまましばし沈黙した。アリスは次になんて声をかけようかと思案した。

零士との関係は、現段階ではまだ婚約者だが、まだまだ彼の知らない所がたくさんある。

「あなたのご両親は、日本で私と一緒に住むことを本当に納得されていますか？　まだ結婚してはいないんですが……先日お父様と会って、一緒に住むということを含めて挨拶をした時、返事を濁していた。肯定する返事はいただきましたが……」

ニューヨークのフラットは、結婚したら一緒に住みなさい、と社会人になったアリスへ父が用意したものだった。

だから、日本勤務が決まった時、両親はちょっと寂しそうな様子だった。アリスが零士と住むつもりだとそう言った時、強い反対はしなかったがあまりいい顔をしなかった。

まだ結婚前だから同棲は、という考えがあるのだろう。婚約期間も一年という時間が経ち、本当に零士は結婚する気があるのかという思いが、両親にはあるのかもしれない。

「大丈夫。だって零士と私は、結婚するって決まってるから」

アリスが微笑むと、彼はため息交じりに頷いた。

「だったらいいんです」

短い返事になんだか覇気がなかった。アリスはその声音に寂しさを感じ、彼の手をキュッと握る。

「どうしました？」

アリスは首を振って下を向く。

零士はアリスと住むことに何か思うところがあるのだろうか。彼の言葉は少なくてよくわからない。

　彼は本当はアリスの両親が一緒に住むことに対していい顔をしていないとわかっているのだろう。でも、アリスの要望に応えてくれるその優しさが、やっぱり好きだった。

　そうしているうちに目的の階に着き、零士はアリスの手を引いて降りる。そのまま左側に歩いて行き、一番端の部屋の前で止まる。

　零士はバッグの中からカギを取り出し、ドアを開けた。

「あなたが自由に使っていい角部屋には出窓があるんです。カーテンはあなたの好きな薄いブルーを取りつけてますが、気に入らなかったら替えてください。そしてもう一度言っておきますが、あなたのお父様が買ってくれたフラットより、かなり狭いです」

　玄関に入り、零士はカギを壁に取りつけてあるフックにかけると、先に上がる。スリッパを出してくれて、それに足を入れた時に電気がついた。

「わ……」

　確かに、アリスが今住んでいるフラットよりもかなり狭い。でも日本の住宅事情をある程度母から聞いていたので、思ったよりも広く感じた。白い壁は清潔感がある。

　短い廊下の途中には、ドアが三つあった。その先にもドアがあり、そこを開けるとリビングだった。アリスはそんなに狭くないな、と思った。まだ物が少ないからだろうか。

　リビングにはソファーにテーブル。キッチンの近くにもテーブルと椅子があった。テレビも大きく、とても見やすそう。

カーテンはグリーンで、白いレースと遮光カーテンがかかっている。零士は緑が好きなのかな、と彼の住むテリトリーへ入れたことに嬉しさを感じる。

それに零士が狭い狭いと言っていたせいか、覚悟していたよりも大きく感じる。

「あまり、狭く感じないかも」

「だったら良かったです」

彼はビジネスバッグをテーブルの横に置いて、軽くネクタイを緩める。

「でも、いいかも……だって、喧嘩した時だって、隠れるところがそんなにないから結局顔を合わせて、キスして仲直りができそう」

アリスが笑みを浮かべて零士を見ると、彼は眼鏡を形のいい指先で押し上げた。

「それはどうかな」

「ありでしょう？　ほら、距離が近い！」

零士に抱きつくと彼はため息を吐き出す。それから、軽く頭を撫でられる。

子供みたいだったかな、とアリスがそっと離れると、彼は右腕で軽く抱き寄せ、背中を軽くポンポンと叩く。

「こうするのが好きですよね、アリスは」

やっぱり子供っぽく思われたらしい。アリスは零士の胸を押して離れようとした。

「私、子供っぽかった？」

「まぁ、多少は」

軽く肩を竦めた零士に、アリスは違った意味で顔が赤くなる。するとそっと背中を抱き寄せられた。

「ごめんなさい。まだちょっと、こんな子供っぽくて……」

彼が髪の感触を確かめるように何度も撫でてくるので、それが気持ちよくて、つい彼の胸に頭を押しつけると、彼が笑った気配。

「私は子供と婚約して一緒に住むわけではないから、子供とは思ってないので」

素っ気ない言い方だけど、子供だと思っていないというところは嬉しい。

「シャワーを浴びてきたらどうですか？　機内で一泊しているから、綺麗にしたいでしょう？」

零士の言葉にアリスはハッとして、ちょっと距離を取る。

「そうね……あの、零士、私、臭い？」

自分の服の匂いを嗅ぐ。でも自分じゃこういうのはわからないよね、と思いながらさらに零士から離れた。

「いえ」

「そう、良かった……でもシャワー浴びないと汚いよね……すぐ浴びてくる！」

慌ててスーツケースを床に置いて、TSAロックを解除する。

「そんなに慌てなくてもいいですよ、アリス」

「でも、零士の言う通り、私一日お風呂入ってないから！」

「先に、綺麗じゃないけど、気持ちいいことをしたら気にならないかもしれません」

アリスはそこで顔を上げた。

基本的には、やっぱりシャワーを浴びて彼とベッドへ行くのが望ましい。彼としか抱き合ったことがないし、そんなにたくさんの経験を重ねたわけじゃないからだ。

でも、こういう時はどう答えたらいいのだろう。大人なことを言われて動揺する。

零士はアリスを抱きたいのだろうか？　今すぐに、時間も惜しいほど？

もしそうなのだとしたらすごく恥ずかしいけど、その腕に飛び込んでいきたい。

「……零士は、あまり、その……エッチなこと本当は好きじゃないでしょう？　すっごくしたいとか、そういうことはなさそうなんだけど……シャワーを浴びてない、そんなに綺麗じゃない身体でも、別に何とも思わないタイプ、なの？」

ここは正直に聞いてみた。彼と出会って一年で婚約し、それからさらに一年が経とうとしているが、その間ほとんどが遠距離。だからよくわかっていない部分も多いのだ。

本当の彼はどうなのか、というのは最近ようやく見えてきた気がするけれど。

「本当にしたい時は、それでも別に構いませんけど？　それに、すごくしたい時がないように言わないでください」

彼はアリスの髪の毛に触れた。首筋に触れ、耳の近くに触れる。ぞくぞくとした感覚が込み上げてきて、誤魔化すように首を竦めた。

「え？　あの、そうなの？」

零士の手をちょっとだけ避けるようにすると、さらりと髪を梳かれた。

「男なので、セックスは嫌いではないです」

そう言って彼はアリスから手を離し、視線を逸らす。

「ただ、同じ人と何回も、というのはしたことがないだけです」

額に手を当て、かかる髪の毛を払いながらそう言った。

アリスは口を開けたままポカーンとしてしまう。

全くそんなことをしそうにない零士が、意外とびっくりなことをしていた。

「それは……いろんな女の人と、特定の相手とではなく、エッチなコトしてたっていうこと？」

アリスがそう言うと零士は言葉に詰まった様子だった。大きく息を吐き、彼はアリスを見た。それから、小さく頷いて口を開く。

「……苦手なんですよ、人付き合いが。だから、同じ人と何回もセックスというベタベタした行為をするのが嫌なんです。恋愛感情を向けられると、そういうことをしたいわけではないから、非常に困るだけです……いい加減察してくれませんか？」

「私も迷惑だった？　困った？　嫌だった？」

彼は小さく息を吐くように笑ってから首を振った。

「そうではなくて、ただ自分が変わっただけ。確かに困りましたが、それは私もあなたを思っているから、そうではなくなったというわけです」

仕事ができる彼が、人付き合いが苦手でその場限りがいいなんて、そんなことないと思っていた。

そして彼が今語ってくれたことは、アリスにとってすごく嬉しいことだった。これもまた、誰ともしたことがないことを、アリスとだけしてくれている。

「私は特別？」

「そうですよ。特別ができた」

ふう、と息を吐いた零士は、ネクタイを解いて、上着を脱いだ。

「今からそれを証明しましょうか？」

「え？　なに？」

「基本的には入浴してのセックスが好きですが、別にそうでなくとも欲求を満たしたい時はあるんです。そういうところは、あなたには今まで見せませんでしたけど」

上着もネクタイもソファーの上に放った彼はアリスの腕を引いて立たせる。

そうしたかと思うと、膝の裏に手を入れられ、まるでプリンセスのように一気に抱き上げられた。

「あ、あの、零士!?」

こんなことされたことがなかった。

いつもアリスがキスをしたいと思ったり、久しぶりに会ったから抱き合いたいと思うばかりだった。でも、本当はそうじゃなかったのかもしれないと、今さらにそう思う。

「本当は、零士、したい時あった?」

「あるに決まっている」

「でもいつも、断られたり……」

「アリスはタイミングが悪い。あなたから誘わなくても、こっちから誘うから何もしないで待っていればいい。誘われるよりも誘う方がいい。俺のわがままだろうけど」

零士は素の時、「私」から「俺」に変わる。

それを知ったのは、彼と肌を合わせるようになってからだ。

「そうよ、零士はわがまま」

「そうだな」

そう言うと、彼は抱き上げたまま、アリスをじっとしばらく見下ろした。時間にして二、三秒ほどだろう。その短い合間にアリスの鼓動はみるみる高鳴っていった。

零士がそっと唇を寄せてくる。アリスはそれを目蓋を閉じて受け止め、零士の首に手を回した。甘い酔うようなキスだった。

移動する距離はほんの少し。アリスのフラットならきっともっと長い距離を移動しなければならない。

「重くない？」

「ちょっと重い」

正直すぎる返事に唇を尖らせると、その唇にもう一度唇が重なる。抱き上げられたまま、何度も角度を変えてキスを繰り返しながら歩いていく。

下ろされた場所はもちろんベッド。

「このベッドの方が大きいかも」

「お互いゆっくり眠れるようにした」

彼は眼鏡を外し、アリスの足を膝で開かせてその間に割って入ってくる。

アリスを仰向けに寝かした時に、零士の前髪がふわっと乱れ、それがとてつもなく色っぽく感じた。彼の手が背中から前へ移動し、ブラウスが押し上げられ、クロップドパンツのボタンが外された。

「あっ……」

アリスが声を出す前に、下着とともに一気に脱がされそうにされ、思わず零士の手を摑む。

「そんな、一気に……っ」

「したいから、脱がせてる。嫌だったら拒みなさいアリス」

中途半端に太腿にある下着と服を見て、アリスは下唇を噛む。こんな言い方はずるい。嫌なわけない。

「……れ、零士の、したいように、していいよ」

その言葉でスイッチが入ったように、彼は身を屈めてアリスの唇に最初から深いキスをする。息ができないような、まるで食べられるような口づけをされ、お互いの舌が絡み合う。そうして口腔からもたらされる快感が、アリスの下半身に直結していく。

「ん……っ」

アリスが甘い声を上げると、零士はフッと笑い、足首から下着とパンツを取り去った。穿いていたすべてのものを脱がされ、下だけが裸になる。

「悪いけど、まずは欲求を満たしたい」

「……っそう、なの?」

こんな風にあからさまに欲望をぶつけられるのは初めてだ。

でもこれからはきっとこんな零士もずっと見ていくのだろう。

もうすでに心臓はドキドキとヒートアップし、身体の熱が上がってきている。

彼がベッドサイドへ手を伸ばすのが見えて、サイドチェストがあるのがわかる。よく見たら左右に置いてあり、きっと一つはアリスが使っていい物だろう、と推測する。

零士が膝立ちになってスラックスのベルトを引き抜き、ジッパーを下げる手が見えた。セクシーすぎる姿を見ただけで、下半身が疼いてしまう。

伸ばされた手がアリスの頬から首筋、そして胸へと下りていく。胸を撫で上げられ、そのまま零士はブラウスのボタンを外し、ブラジャーのホックを外した。

締めつけがなくなるとともに、乳房が露わになり、鼓動が速くなる。

羞恥心から、胸を手で隠すとあっさりと手首を取られ、ベッドに押さえつけられた。

「隠すと触れない」

彼が身を屈め唇がアリスの胸の先端に届き、そのまま口の中に吸い込まれる。

「……っあ！」

足の付け根を触られ、内腿を撫でられる。その手の熱さに、彼の体温も上がっているのがわかる。

自分の声が恥ずかしくてきゅっと唇を噛むと、小さくキスをされた。

「声を我慢しなくていい。もっと聞かせてアリス」

そんなことを言われると、ますます顔が赤くなってしまう。

「零士……っ」

恥ずかしさに目を瞑ると、彼の指がアリスの中に入ってくるのがわかった。胸の尖りと潤んだ隙間を同時に責められて、溢れかえった愛液の水音が耳を犯す。

「入れそうだ……気持ちいい？」

難なく指をのみ込むアリスの内部は、自分でも想像していないほど潤いを帯びていた。

「……そんな、すぐは……っや！」

「じゃあ先に、指でイクしかないな」

そう言って彼はアリスの首筋に顔を埋めて耳を舐《ねぶ》りながら、身体の中に入った指を抜き差ししてくる。

「あっ！　……っあぁ！」

こんなに性急にされたことがない。

今日はいつもと違う零士に、アリスは全身で感じていた。

彼の背を抱き締めると、深く舌を絡めるキスをする。アリスは彼の指での愛撫に翻弄されながらただしがみつくしかなくて。

足を開かれ、大好きな人と繋がった時は自然と涙が零れた。激しく揺さぶられ、甘い声を上げる。

零士にされることのすべてを感じて受け入れるアリスだった。

7

今まで付き合った人、というのはいなかったのに、初めて交際というものを経験中だ。彼女は零士にも初めてを教えてくれた。人生をともにしていくパートナーとなると、予想もつかないことばかり。

自分自身に戸惑いつつも、気持ちは伝えていたつもり。

肌を合わせるのに特別な感情は必要ないと思っていた零士が、恋人となり、そして婚約者となったアリスには、求めてしまう事実は今までになかったこと。

「基本的には入浴してからのセックスが好きですが、別にそうでなくとも欲求を満たしたい時はあるんです。そういうところは、あなたには今まで見せませんでしたけど」

アリスは零士が初めてだった。だからそういう誘いはしてこなかったし、態度には表さなかった。好きだと思った相手が目の前にいて、それが婚約者であれば欲しくなるのは当たり前。

だが、あからさまに欲するのも気が引ける。自重して近づきすぎないようにしたいのは、とにかくアリスが若く美しいからだ。

アリスとは、十三歳も年が離れている。ちょっとでも会うのが早かったら、彼女は未成年だった。

年が離れた男に、いつまでも好きだと言っているのはもったいない気もする。せめて自分が彼女と近い年齢だったら、もっと違ったかもしれない。

そんな考えが頭から離れないのが、長い婚約期間を続けてしまっている理由だった。

しかし気持ちは理性を簡単に裏切った。

抱き上げ、ベッドの上に下ろし、彼女を見つめる。最近は一緒に寝ても平気だと気がついたので、ベッドのサイズをもう少し小さくしても良かったと思う。

これもアリスと出会って変わったこと。恋愛は人を成長させると言う人もいたが、信じていなかった。

でも今はなんとなくわかる気がする。

アリスは零士の中で特別だった。抱きたいと思うし、自制しなければという思いもある。けれどそんな悩みは、彼女を自分の下に組み敷くと、あっという間に霧散してしまう。

「……っ」

アリスの足を膝で割り広げると彼女は息を詰めた。慣れない仕草は、零士の心を煽る。

彼女は零士が初めてで、抱き合うようになってからまだ二年にもならない。おまけに遠距離なので、セックスの回数はこの期間にしては少ないだろう。

今日は脱がせにくい服を着ていると思いながら、パンツのボタンを外し、下着とともに引っ張って脱がせる。

「あっ……」

頭は冷静なつもりなのに身体は欲しがっている。我ながら性急すぎると思いながらも、行為を進めていく。

「そんな、一気に……っ」

「したいから、脱がせてる。嫌だったら拒みなさいアリス」

脱がせる途中でそう言うと、彼女は目を泳がせ下唇を噛む。いつもこの仕草だ。しかし彼女が拒まないことはわかっていた。

「……れ、零士の、したいように、していいよ」

アリスの言葉に、零士の手が一瞬だけ止まる。そんなことを言われるともうだめだった。煽られるように、彼女に覆いかぶさり自分の体重をあずける。

「は……っ」

小さく喘ぐような、苦しいような声ですらたまらなくて、零士は彼女の唇に自分の唇を寄せ、そこを塞ぐ。

「ん……っ！」

口腔に舌を入れ、彼女の舌に絡ませる。角度を変えて唇を食むように、味わうように、時には軽く噛んで貪るようなキスをしていた。

飲み込み切れない唾液が唇の端から零れ、唇の角度を変えた時に息を吸うが、酸素が追いつかないようでアリスは苦しそうな顔をする。

かわいそうだと思いながらも、その表情にくるものがあり、もっと見たくなって何度も唇を重ねてしまう。彼女がこんな顔を見せるのは自分だけだと思うと余計に。

強引なキスなのに、アリスは拒まなかった。初めての時からずっと、彼女は零士との行為を拒んだりしない。大人のキスに応えようと必死にしがみつく様が健気に見え、素直なお嬢様育ちの身体を抱いている自分が悪い男にも思える。

零士はほんの少しだけ笑って、彼女の下半身の衣服をすべて取り去る。下だけを裸にしていることにも、アリスは嫌がらない。

自分から求めていただけに、その様子を見ると早く欲しくなる。

「悪いけど、まずは欲求を満たしたい」

「……っそう、なの？」

彼女の言葉を無視して、サイドチェストに手を伸ばす。そこには避妊具がしまってあり、無造作に取ると枕元に置いた。

ベルトを引き抜き、自分がもうすでに反応しきっているのを感じる。早く彼女の中に入りたくて、性急にボタンを外し、ジッパーを下げた。

じっと潤んだ瞳で見上げるアリスが、たまらなく可愛い。そっと頬に触れてから胸を揉むように撫でた。まだ纏わりついていたブラウスのボタンを外し、ブラジャーを外して押し上げる。恥ずかしさから、胸を隠そうとする彼女の手を取り、シーツに縫いつけた。

「隠すと触れない」

彼女に再度覆いかぶさり、上向きの張りのある形の良い胸に唇を寄せる。先端から乳房まで食べるように含んで吸うと、アリスの腰が揺れた。

「……っあ！」

甘い声を出すアリスの足の付け根に手を伸ばし撫でる。滑らかな肌の感触は自分だけしか知らないことに、いつも興奮を掻き立てられる。

唇を噛むアリスに、軽く唇を合わせるようなキスをする。

「声を我慢しなくていい。もっと聞かせてアリス」

小さく囁くとアリスが顔をさらに赤くした。こういう初心な反応は反則だと思う。今まで女性に対して可愛いと思うことはほぼなかったのに。

きっと自分はわかりにくい男だろう。しかし、アリスという女性に恋をして、愛したいといつも思う。膨れ上がった欲望と渇愛を、彼女はどこまで知っているのか。

いつか去って行ってしまうのかもしれない、という不安は頭の隅に追いやる。今は零士のものだからと、若く美しい身体を堪能する。

「零士……っ」

胸への愛撫を施しながら、アリスの足の間を撫でさする。指を入れて中を押すと、十分な潤いがあり、零士を受け入れる準備が整っていた。

「入れそうだ……気持ちいい？」

奥まで指を差し入れれば潤いは増していった。こんな風にしたのは自分だと思うと、嬉しさが込み上げる。濡れた音を立て、零士を待ち望んでいるように思えた。

「……そんな、すぐは……っや！」

一度入れたいという欲求を抑え、落ち着くために息を吐く。本当は中に入って思うがまま自分勝手に彼女の身体を揺さぶりたいが、それはそれで酷い男になりそうだと理性を総動員させて抑え込む。

「じゃあ先に、指でイクしかないな」

アリスの首筋に顔を埋め、耳の後ろにキスをする。

「あっ！　……っあぁ！」

耳の後ろが弱いアリスは、いつもここにキスをするだけで甘い声を上げるのだ。同時に彼女の中に埋めた指を動かし出入りさせると、細い腰が揺れ、艶やかないい顔をする。

耳の後ろを舐め、軽く噛むとアリスの内部が締まり指を咥え込む。

「耳の後ろ、そんなにイイ？」

クスッと笑うと、アリスは目蓋をぎゅっと閉じて小さく首を上下に動かした。

「零士……れい、じ……っ」

腕にしがみつき、忙しない息をしていた。だんだんと唇が開き、甘く小さく声を上げる。アリスの唇が開く様子が綺麗だと思う。唇から白い小さな歯を覗かせて、堪えきれないというように頭を左右に振る。長い髪がパサパサと音を立ててシーツに泳いだ。

いつも子供扱いされることを嫌い、すぐにぷいと頬を膨らましていたアリスが、官能に染まっていく様を見ることに、言いようのない満足感を覚える。

アリスは今まで経験したことがない人。

それは心が伴っているからというのもあるだろうが、本気でずっとこの顔を見るために抱いていたいと思うのは、彼女が初めてだった。

本当の気持ちは、アリスと理性をなくしたようにいつまでも抱き合いたい。彼女が溺れても、自分が溺れないようにしないといけないというのに、アリスを見るとこのまま我を忘れて溶け合いたくなる。

零士の指は彼女の中から出てくるもので濡れそぼり、さらに奥まで差し入れ指先を曲げると、愛液が溢れるように出てくる。

こうやって濡れることに恥ずかしさを感じていたアリスは、今もまだ恥ずかしいらしい。

「あっん……ああっ！」

背を少し仰け反らせ、アリスが快感を解放する。腰が揺れ、柔らかい曲線を描く乳房が忙しなく上下していた。

「指だけでイケたな」

指で中を愛撫されて達したアリスは、零士の言葉に赤くなり、目を閉じる。長い睫毛が作る影が、何とも言えないほど色気があった。

肌が汗で光り、その表情を見て、美しいと感じた。

アリスは出会ったころよりも美しい大人の女性になり、身体はさらに魅力的になった。これは男を知ったからなのかもしれない。自分がそうしたのだと思うと、さらに自分の中の欲望が増してくる。

「目を開けて、アリス」

アリスがゆっくりと目を開けて零士を見る。その目の色は榛色で、光彩の中央がややオレンジっぽくなっている。間近で初めて見た時、美しいと思った。

快楽で潤んだその目が、今、映しているのは自分だということが、たまらない。

避妊具の入ったパッケージから中身を取り出し、それを着ける。

先ほどイった余韻で、ぐったりしているアリスはまだ快感で意識が浮いたような表情をしていた。その頬を撫で、膝を割り零士は自分の身体の一部を、ゆっくりとアリスの身体の中へと入れていく。

「……っは！」

白い喉をわずかに仰け反らせ、彼女は零士を受け入れていく。

「温かいな、あなたの中は……気持ちいい」

すべてを入れ終えると、息を詰めて声にならないまま息を吐き出す。

「君は？　気持ちいい？」

零士の声に、アリスは詰まりながら唇を開く。

「……そん、な……」

「なに？」

「零士が、私の中に、入ってくる、だけで……これ以上ないくらい、私の中、満たされて……気持ちよくないわけ、ない」

こんなことを言うから困る。心底アリスが可愛い。

彼女の目尻に溜まった涙に唇を寄せてキスをする。そのまま腰を動かすと、彼女は小さな声を上げた。

「早くこうしたかったけど、いきなり入れるのは嫌だと言ったから……あまりもたないだろうな」

零士は言いながら、アリスの中に埋めた自身を半分ほど抜いて、すぐに全部を入れる。

そのまま最奥まで突き入れ、左右に揺さぶった。

「あっ……ん」

甘い声を上げる彼女の顔を見たくて、身を屈めて彼女の髪を掻き上げてやる。額に張りついた髪を指でそっと払うと、悦楽に頬を染めるアリスの顔があった。眉根を寄せて喘ぐ顔があまりにも可愛くて、思わず息をのむ。

ついに我慢できなくなって激しく抽挿を繰り返す。アリスの内部は狭く、零士を締めつけ、痺れるほどの快感をもたらした。

二人だけの部屋に濡れた音が響き、彼女の中が絡みつくようで、これ以上ないほど良かった。

セックスはみんな同じだ。誰だって同じ行為をやっているし、手順もそう変わりないことである。それは相手がアリスだって、一緒。

愛撫をして、繋がって、そして気持ち良さを体感する。

その一連のことを、同じ人と何度も共有するのは苦手だった。女性と交際なんて興味がなかったし、セックスもその場で終わりたい。

そんな自分がいったい何度、アリスを抱いたのだろう。アリスにはわからないだろうけど、自分にとって特別なのはこのアリスだけ。

快楽に身を沈め、瞳に涙を溜めている様が綺麗だった。その姿態にそそられ、零士の身

体は疼きを増す。

「イイ、ですか？　アリス」

こくこくと何度も頷くのを見て、零士は熱くなった息を吐く。

「俺も、すごく、イイ」

頬に手を寄せるとすごく熱くなっていた。

「ほんと……っ？」

「本当だ。君の中は最高」

微笑むとアリスはキュッと目を閉じた。その拍子に目の端から涙が零れ落ちる。零士は涙を辿るように唇を寄せ、キスをしながら舌で眦《まなじり》を小さく舐めた。

「あ、零士……っ」

同時に最奥を突き上げると、彼女の身体がおののき、快感を得ているのだとわかる。断続的に零士のものを締めつけてきた。

「……っ」

彼女の内部で気持ち良さを覚えながら、組み伏している白い身体を見た。

速い呼吸をし、柔らかい胸を忙しなく上下させ、震わせている。それが官能的で、視覚だけでも零士はイキそうだった。

「もっと気持ちよくなろうか？」

零士の言葉に、真っ赤になって何度も頷き、彼女は零士のシャツにしがみつく。その背に手を入れ、抱き上げて膝の上に乗せて、今度は下から強く揺さぶった。

「あっ……れい、じ……深い、よ」

「あなたは奥に入れると、とても締めつけてくる」

「おく、や……っ」

「どうして？　良さそうなのに？」

そう言いながらも零士は限界がすぐそこまで来ていた。アリスもまた同じようで、ただ零士にしがみつき、もうだめ、と耳元で言う。

「そんなに、ゆらさ、ないで……っあ！」

「こうしないと、気持ちよくなれない」

彼女の熱い息を感じ、繋がっている部分が零士を締めつけてくる。

「あ……っだめ……はぁ……っん！」

零士の身体を強く抱き締め、アリスがイク。二度目の絶頂を迎えた彼女の中の刺激に、零士もまた自身を奥に突き上げて達した。

「……っは！」

何度か彼女を突き上げ、腰の動きを止める。

気持ち良さと、やっと放つことができた余韻に酔いしれ、強く彼女を抱き締めた。

アリスの喘ぐ唇に、零士は舌を差し入れ深いキスをする。

「ん……っぅ」

唇を吸い上げ、角度を変える。絡まる舌が気持ちよく、蕩ける感覚。

恋をしている人とのキスは、格別だとアリスで知った。

しがみついて離れないアリスの後頭部に手をやって、思う存分愛しい人の唇を堪能する。

そうして喉の奥で小さく笑って唇を離す。

大きく息を吐くと、力がまるで入らないアリスに声をかけた。

「アリス？　大丈夫ですか？」

身体をそっと離して窺い見ると、二人の視線が合う。アリスの瞳は濡れたように潤んでいた。

彼女の額に汗が浮かんでいるのを見て、前髪を掻き分けながら拭ってやる。

「零士も、すごい、汗」

零士もまだ息が整っていなかった。彼女に言われ、自分もまたこの行為で汗をかいているのに気づく。

「ほんとに……いつも汗だく」

可笑しくなって小さく声を上げて笑ってしまう。

服を脱がないでセックスなんて、最悪だ。衣類が汗を吸っているだろうし、服は皺になる。何よりもスラックスは愛液で濡れているだろうし、ゴムを取る時に自分の出したもので汚れそう。それだけ自分は彼女に夢中だということだろう。

彼女に溺れるわけにはいかないと、何度も自分に言い聞かせているのに。きっと自分がこんな気持ちでいることを、アリスは知らない。胸のうちに葛藤を抱えて、それでも自分勝手にアリスを欲しがる自分は卑怯なのかもしれない。

「どうしたの？」

小首を傾げて考えるような仕草をするのが可愛いと思う。

零士はただ、微笑んだまま首を振り、なんでもない、と言った。それから彼女をベッドに戻し、キスをしながら自分のものをアリスの中から抜く。

先ほどまで包まれていた温かさが消え、物寂しい気分になった。

いつも、この体温に包まれて過ごしたいと思う。彼女の中は零士のものをぴったりと受け入れる。

「あなたの身体は気持ちいい」

キスをしながらアリスを押し倒した。覆いかぶさり、抱き締めながら横を向く。柔らかい身体を少し強く引き寄せ、唇の中に舌を差し入れる。

「あ……零士……」

彼女の手が背中に回り、キスに応える。濡れた水音を響かせ、零士は口づけを繰り返す。

「抱き締めていたい」

「……ずっと、そうして」

唇を重ねたまま彼女の腰を撫で、臀部を揉み上げる。

「んんっ」

鼻にかかった息を吐くアリスの舌を搦め捕り、角度を変えながら、深く唇を合わせる。

最後に軽く吸いながら離すと、吐息とともに喘ぎ声を出した。

「は……ぁっ」

「お近づきに、風呂、一緒に入りますか？　アリス」

「えっ⁉」

紅潮していた頬をさらに赤くしたアリスを見て、思わず笑みが零れる。

「本来なら、一緒に入りたくないんですけど、あなたは特別です。お互い、結構ドロドロですからね」

彼女の足の間に手を伸ばし、指を動かすと、先ほどまでの行為の余韻で濡れていた。

「や……、零士、エッチ、だ」

「あなた限定でね」

起き上がり、スラックスを軽く直しながらベッドを下りると、彼女もまた起き上がる。

その様子を見て膝裏に手を差し入れて抱き上げた。

「えっ、ちょっと、あの、一緒にシャワー？」

戸惑うような顔をするアリスに頷くだけで答える。抱き上げてしまっているので、アリスは逃げられない。

リビングのドアが開けっぱなしで助かった。脱衣所のドアを開けて中に入って、アリスを下ろす。

「一緒になんて、初めて……零士、は経験あるんだろうけど……」

語尾は消え入りそうな声だった。

「俺も初めてですよ、アリス。一緒に風呂なんてベタベタした関係は、できない男ですからね」

そう言って零士はシャツを脱いだ。アンダーシャツを脱ぐと、中途半端に羽織るだけになっていたアリスのブラウスを腕から抜く。

「あなたとが初めて、ということが多い」

スラックスと下着を取り去ると、彼女は顔をまた赤くする。

「お互い知った身体だし、入浴時間を共有するのは有意義だと思います。それに、この家の風呂は狭いし、あなたの望み通り、近づくことができる」

浴室のドアを開け、中に入ろうとしたところでアリスが零士の胸に手を伸ばす。

「本当に初めて？」

「はい」

「私も初めて……嬉しい、零士」

ふわりと笑った顔にドキリとさせられた。アリスの笑顔を見て零士は惹かれた。だから、その顔を見ると胸を打たれる。

「そうですか」

素っ気なく答えてしまうのは、いつものこと。こんな返事しかできないのは、あまり人間関係を深く結んだことがないせいかもしれない。

あとは、一回り以上年下のアリスに、恋をしている自覚がそうさせてしまう。

アリスの手を引き、浴室の中に入る。

シャワーの温度を確認していると、彼女が背中から抱き締めてくる。

「素肌の零士だ」

頬を背中に擦り寄せられて、ため息を吐く。

こうやっていつも気持ちを引きずられた。無邪気に甘えてくるのは、自分を試しているからだろうか。そのたびに冷静でいられなくなるというのに。

「何度も肌は合わせてるでしょう?」

シャワーを出し、お互い頭から湯を浴びる。

「気持ちいい!」

濡れた髪を掻き上げながらそう言って、アリスは零士の首筋に手を伸ばす。

「零士大好き」

「知ってます」

彼女の濡れた頬に触れ、口づけを交わす。好きだと告げるように何度も角度を変え、彼女の唇を貪る。

今日は何度こうやってキスをしたのかと、零士は心のどこかで笑った。

いつか手放してもいい。

そう思っているのに、一体自分は本当に何をやっているのか。

まだ若くどこか少女らしさが抜けないようなアリスが、自分以外の誰かに本当の恋をしたら、身を引くつもりだ。

でも今は、アリスと過ごすこの時間が大切だと思う。

互いの唾液で濡れるようなキスを交わし、ゆっくりと離すと水音が耳に響いた。

シャワーを浴びて裸で抱き合うと、いつも以上に官能的だった。ぞくぞくとした快感が身体を走り抜ける。

「アリス、蕩けた顔をしている」

彼女の濡れた頬を撫でると、は、と小さく声を上げた。彼女を壁に押しつけ、耳の後ろに唇を寄せる。

「あ……っん！」

しがみつくように背に回されたアリスの手に力がこもる。柔らかい臀部を撫で、後ろから彼女の身体の中に指を入れる。

「んんっ……零士、ダメ、立って、られない」

指を差し入れた途端、彼女の中は湯とは違うもので濡れているのがわかる。表情は蕩けていて、零士を誘うように艶やかだった。

いつの間にかイイ表情をするようになり、零士の心を騒がせる。心臓が早鐘のように鼓動を打ち、アリスの中に入りたいという欲望が増す。

「立ってられない？」

零士の声は低く、すでに欲望で掠れていた。

水滴を落とす、濡れた前髪の間から見えるアリスの綺麗な目に、引きつけられる。何度も頷くアリスが可愛かった。

「じゃあ、支えるから、入れていい？」

お伺いを立てると、アリスはキュッと目を閉じ、コクンと頷く。

零士はすぐに彼女の足を持ち上げ、自分のものを宛てがうと彼女の中へ突き入れた。

「ん……あっ……零士……っ」

その瞬間、ぎゅっと締めつけられて、あまりの気持ちよさに、零士は眉根を寄せて快感に堪えた。そうしてアリスの綺麗な身体を何度も突き上げながら、中には出さないようにしないと、と少しだけ理性が戻ってくる。

彼女の中に自分を刻みつけるように、身体を揺さぶり続ける。

自分の人生に色をつけた愛しい人と、もう少しこのままでいたいと心の中で願うのだった。

8

アリスは希望通り、念願の日本勤務となった。

日本に到着した三日後、企画部へと配属され勤務が始まった。

これから一緒に生活ができると思っていた婚約者の零士は、天宮の秘書をしているため、彼に同行してしばらくアジア圏にあるいくつかのカニンガムホテルを視察中。

天宮には現カニンガムホテルＣＥＯが目をかけており、アジアはまだ進出して年数が浅い。

天宮は立て直し屋としての手腕を評価されているため、今度の短期出張もきっと上層部から頼まれたものだろう。しかし、カニンガムホテル東京だって今は業務改善、改革中。そんな大事な時に留守にしてしまうのはどうかと思う。

が、それはもしかして零士がいないことへの寂しさであり、上層部への不満じゃないのかもしれない。せっかく日本に来たのに、このタイミングで零士をこき使うなんて、とちょっと思ってしまう心の狭い自分がいることに気づく。

仕事を始めてもうすでに三週間と三日経った。

ホテル勤務のための技術やスキルを一年かけて学んだが、それは全く使わないような部署なので、正直アリスは毎日目を回していた。

それこそ、零士がいてくれたら心の拠り所にできるのにと思うほど、慣れない経験ばかり。

初めての日本での暮らし、生活、仕事、友達がいない切なさ。強く望んだ異動とはいえ、新人二年目で配属された部署が、遠い異国の地であることを忘れていた。

「アリスさん、そろそろ早紀《さき》・アルホフさんに会いに行く時間になるけど、依頼書と頭の中はまとまった？」

先輩社員で、アリスの指導役である永田《ながた》が声をかけてきたので、慌てて立ち上がる。

彼女は指導役となる時に、アリスと零士が婚約者であることを知らされている。

「はい、書類はまとまってます。頭の中は、まだ、ですが」

こんな時、本当に日本語を話せてよかったと思う。もしできなかったら、コミュニケーションの悩みも尽きなかったことだろう。

半分は日本人なのだからと、母がしっかり叩き込んでくれたことに感謝していた。また、指導役に女性社員である永田をつけてくれたこともありがたかった。

穏やかで話しやすく、アリスを信頼してある程度の裁量で任せてくれる。その一方で聞いたことにはきちんと答えてくれるし、何より教え方が丁寧だった。

「そんなに緊張しなくても大丈夫よ。アルホフさんは気さくで良い人だし、アリスさんのことも新しい社員だとわかってくださるから」

にこりと笑った永田に、何度も頷き笑みを向ける。

「ありがとうございます」

「じゃあ、行きましょうか」

「はい」

アリスはバッグの中に書類を入れ、スーツの裾を引っ張って一つ深呼吸をした。

「アルホフさんは天宮社長のお知り合いでもあるし、それに……添島さんのこともよく知っているはずだから、その辺も話のネタになるかもね」

「……はい……コミュニケーションは大切ですよね」

企画部がこんなに外部の人と会うとは予想していなかった。結局アリスは、まだまだ世間知らずだとつくづく実感している。どの部署に配属されても大丈夫なように訓練された一年間ではあったけど、実践は全く別で学ぶことばかりだ。

添島さんの、というところを少し小さめに言ったあと、永田は微笑んだ。

「社内で恋愛して婚約する人は結構いるけど、まさか社長秘書の添島さんの婚約者だとは思わなかった。おまけにカニンガム一族の人で、二重にびっくり。……って、何度も言ってるけどね」

もちろんアリスが、創業家であるカニンガム家の一人で、たった一人の娘だということは社内の誰もが知っている事実だ。職場ではカニンガムだとややこしいので、ファーストネームで呼ばれている。

だからといって特別扱いされることなく、気にせず接してくれるのは嬉しい。多少のやっかみなどはあるだろうが、今のところ表に出ていないから助かっている。

永田は結婚して六年だという。子供はいないが、幸せだと言うその表情がなんだかとても眩しく見える。

左手の薬指には上品な指輪が二つ。重ねづけもいいなぁ、とアリスはいつも見入ってしまう。

「それで？　結婚式の予定はいつなの？」

エレベーターを待つ間、いきなり聞かれアリスは言葉に詰まった。永田が首を傾げたので、取り繕うように笑みを浮かべ答える。

「それはまだ……検討中というか……」

「……ああ、そうなの……でも婚約して一年以上経つならそろそろ考えないとね。あまり婚約期間が長いのも、ね」

永田の指摘は的を射ていた。

確かに一般的に考えるのなら、もう結婚していて当たり前かもしれない。結婚準備期間に一年かけるカップルだっているけれど、婚約期間が一年でまだ何も結婚の話が出ないというのは、一体どういうことだと思う人も少なくないはずだ。

そう、アリスと零士の結婚については何も進んでいなくて、いつするのか、どこでするのか、彼は何を考えているのかさえわからない。零士の傍にいられるだけで幸せだが、具体的な話が彼の口から出てこないことは、アリスを時折不安にさせていた。

「添島さんは、恋人期間を延長したいのかしらね」

それも素敵、と明るく笑って言われたけれど、果たしてそうだろうか、と思う。

零士がちゃんと愛してくれているのはわかっている。でも本当にアリスと結婚をしたいと思っているのか、そこが見えない。

一人で生きるのが好きと何度も言っていた零士のことだ。アリスを将来の伴侶にすることを煩わしいと思っているのかもしれない。だとしたらアリスはどうしたらいいのだろう？

「どうなんでしょうか」

アリスは努めて明るく笑ってみせる。ここで不安な表情を見せてはいけないと思った。

いろいろ考えているうちに、エレベーターの扉が開いた。仕事に気持ちを切り替えねば、と永田と二人で乗り込み、大きく深呼吸した。

「やっぱりちょっと緊張しますね。他国のカニンガムホテルの内装を手掛けているデザイナーさんですから……それにセレブ感もあるし緊張します。ホテル全体としても改革中ですから絶対成功させたいです」

今回の新企画でどれほど効果が出るのか、やってみないとわからない。だが、社長の天宮がこれで行きたいと自ら考えたものであるし、これはカニンガムホテル東京の社運がかかっていると思う。

「そうね……びっくりしちゃったけど……まさかセミスイートルームを一新するなんてねぇ」

カニンガムホテル東京のセミスイートをデザインしてもらうために、早紀・アルホフにお願いしに行く、という大役をアリスは永田と一緒にすることになったのだ。

これは結構責任重大すぎて、どうしよう、と緊張してしまう。

何度か深呼吸していると、永田が可笑しそうに笑った。

「なんだか本物のセレブの人が、セレブ感があると言うと、変だわね」

「そんな、茶化さないでください。確かにそうかもしれませんが、それはたまたま生まれがそうだっただけです。就職してからは一社員ですし、……その、添島さんと婚約してからは収入の範囲内の生活なので」

婚約、と言うのになんだか照れが入り、口ごもったようになってしまう。

「ごめんなさい。でもね、思ったよりすごく普通の女の子で、逆にみんなびっくりしているの。礼儀正しいし、日本語は上手で、気さくで。私、アリスさんと組めてよかったと思ってるのよ?」

にこりと微笑んだ永田に、アリスは嬉しくなり同じように微笑み、頭を下げた。

今日は初めての顔合わせで、正直緊張しすぎていると思うけれど。

しっかりやろう、と足を踏み出すアリスだった。

☆　☆　☆

カニンガムホテル東京から電車などを乗り継いで約四十分。

都心より少し離れた場所に早紀・アルホフのオフィスは建っていた。白を基調とした三階建ての家で、オフィスに続く階段が建物横にあり、永田のあとについて階段を上った。

インターホンを押したあと、すぐに対応してくれた。出てきた人はきっとオフィスのスタッフだろう。アリスとそう変わらない年齢の女性スタッフだった。

促され中に入ると、パーティションで区切られた場所に案内され、椅子に座るとお茶とお茶菓子を持ってきてくれた。

「ありがとうございます」

永田と一緒に礼を言って頭を下げると、彼女はお待ちくださいと言ってパーティションの外へ出て行く。

「この仕事、もともとは天宮社長が依頼したらしいのよね……早紀・アルホフさんは、天宮社長と旧知の仲らしいわ。社長は色気があるし、前の恋人だったりするのかもね」

どこか冗談めかした口調で、永田はそう言って笑ってみせた。

「どうしてそう思うんですか？」

首を傾げて聞くと、だって、と綺麗なピンク色の唇が開く。

「アルホフさんは、有名なデザイナーで、特にファブリックや日用品は飛ぶように売れる。それだけ売れっ子の人が、二つ返事で時間を作って引き受けてくれるなんて、普通はないことだもの」

そう言えばそうかも、とアリスは妙に納得してしまった。天宮と旧知の仲だとは知らなかったが、早紀・アルホフの名前はアリスでもよく知っている。

テキスタイルのデザインが可愛くて、そして斬新で美しい。布製バッグも既製品として販売されており、実はアリスも持っているのだ。

だから、今回の企画に早紀・アルホフがデザイナーとして参加していると聞いて、すごいなぁ、と思ったものだ。

「でも……ちょっと年が離れているのでは……」

アリスが緩く笑ってそう言うと、それもそうだけどね、と永田も笑った。

確かに天宮は色気がある大人の男だが、彼の女性関係が派手ではないことはなんとなく知っている。それに零士も、どうして天宮は結婚していないの、というアリスの問いにこう答えた。

『天宮は身持ちが固いですから。付き合う女性に対しても慎重なんです、あの外見なのに』

容姿だけでも女性が寄ってきそうな天宮だが、常に近くにいて付き合いの長い零士がそう言うのなら、本当なのだろうと納得した。

天宮のことは以前から知っているけれど、零士に会いに来日するまであまり話したことがなかった。けれどこの前話した限りでは、彼は誠実そうな人であるし、ビジネスの相手とプライベートな、ましてや男女のお付き合いをするようには見えない。また、天宮と早紀・アルホフとでは二十近く年が離れていそうだし、出会ったころの彼女は既に結婚していたはずだ。

「でも何となくそう思うのよね……女子の勝手な妄想だけど」

「天宮社長に限っては、それはないと思います。零……添島も、社長は女性に誠実な方だと言っていましたよ」

アリスの言葉に対し、永田はあら、と言って微笑んだ。

「アリスさんがそう言うなら、間違いないかもね」

なんとなく含みを持ったように言われ、なんだろうと首を傾げる。

「さっきの添島も、っていう言葉は本当に身内って感じがしたわ」

アリスはそれを聞いて少し顔が熱くなる。

先ほどまで緊張していたのに、と自分の顔を手で何度か仰いでいるうちに、パンプスのコツコツという音が聞こえてきて、アリスと永田は立ち上がった。

「お待たせしました。今日は来ていただいてありがとうございます」

軽く会釈した早紀・アルホフはショートボブヘアの綺麗な女性だった。洗練された大人の女性っぽいパンツスタイルも素敵だ。

「初めまして。今回の企画を担当させていただく、永田と申します」

永田が名刺を取り出し渡すのを見て、アリスも同じように名刺を差し出した。

「初めまして。永田とともに担当をさせていただく、アリス・カニンガム、です」

ちょっと噛みながら軽く頭を下げたあと早紀を見ると、彼女は柔らかく微笑んだ。

「ああ……もしかして添島君の、婚約者さん？　かしら？」

問いかけられ、その通りなので頷き、返事をする。

「はい」

「カニンガム家の、唯一の娘さん？」

「……はい」

少し遅れて返事をすると、早紀は口元に手を当てた。

「まぁ、まぁ……添島君はこんなに美人でお人形さんみたいな若い子を……話には聞いていたけれど、カニンガムのお嬢様を射止めるなんて……あの面倒くさがり屋さんが」

ふふ、と声に出して笑いながら、どうぞ座ってと言われたので永田とともに座る。そうしたところでタイミングよく、早紀の前にもお茶が出された。

「アルホフさんは添島もご存じなんですね」

永田が言うと、早紀はええ、と返事をした。

「天宮の秘書をやっているから。天宮とは、彼がカニンガムホテルに就職したころからのお付き合いなのよ。だからお友達の添島君とも面識があってね。まさか彼もカニンガムホテルに就職するとは思わなかったけれど……二人ともイイ男で、眼福よね」

唇に弧を描きながら優雅にお茶を飲む姿は、熟年のマダムという感じだ。そうしているうちに、オフィスのスタッフが数枚の紙とタブレットを持ってくる。

紙はスケッチだった。ちらりと覗くと優しい色合いが目に入る。

「ずっと前からカニンガムホテル東京のなにかをデザインして欲しいと言われていたの。タイミングも合ったし、何よりも部屋をプロデュースなんてしたことがないから楽しかった。今回はホテルの部屋だけど、できれば今度はコラボ企画とかで小物や、バッグなんかもやりたいわね」

タブレットにはスケッチを元にした空間が再現されており、色も調度品の配置も素敵だった。

「一応、ベッドサイドのランプやチェスト類もデザインさせてもらったわ。天宮は空間だけと言っていたけれど、もしよかったら家具なんかもデザインさせて、と言っておいてもらえるかしら?」

その言葉に、思わずアリスは目を輝かせて返事をしてしまう。

「はい！　ぜひ！　素敵です！　今までのカニンガムホテルにないような優しい色合いは、きっと女性客が喜びますし、調度品の配置もとてもいいです！」

思わず言ってしまったが、あ、と我に返った。

「アリスさん！　あのね、ここは一度社に持ち帰ります、と言わないと」

少し小さな声で永田にたしなめられ、アリスは頭を下げた。

「すみません！　個人的な感想で言ってしまいました。あの、これは一度社に持ち帰りましてあらためてお返事を……」

失敗した、と思いながら窺い見ると、早紀は少し声に出して笑った。

「わかってるわよ、アリスさん。でも嬉しいわ、カニンガム家の方にここまで言っていただいて」

何とも申し訳ない気持ち。それにやっぱり、カニンガムという名はずっとつきまとうのだな、と思った。それを承知で入社したのだから、ここはしょうがないと思うけれど。

「素直で可愛い方ね。常々結婚しないと宣言していた添島君はそこが気に入ったのかも」

アリスは瞬きをして早紀を見た。何か言う前に口を開いたのは永田の方が先だった。

「え？　そうなんですか？　確かに、結婚しなさそうな……そんな雰囲気はありますが……」

永田の言葉に、ええ、と早紀は優雅な笑みを浮かべた。

「イイ男が二人とも結婚していないから、いつするの、と聞いたの。天宮はこの人だと思う人ができたら、と言った。でも添島君は、生涯結婚はないですと言い切っていたの。基本的には人付き合いが苦手な人だから、その時はしないと本気で思っていたのかもしれないわね。だから本当に驚いたわ」

周囲の人にそこまで言っていたのか、と思った。

彼はアリスに、結婚しないと思っていたと言っていたが、他の人にも同じように答えていたのだな、と内心ため息をつく。

「添島君と末永く一緒に、仲良くしてね」

早紀はアリスよりも零士を知っている風だった。それがちょっと悔しくて。

彼女は既婚者で、零士よりも年上。それに彼の性格からして何もないだろうことはわかるが、会話の中で彼の本質を見極めているっぽい早紀は、自分よりずっと大人の女性であることを感じさせた。

それが羨ましくて、アリスはまだまだ若い女の子なのだということを自覚させられる。

そのあとの仕事の話は順調で、始終笑顔で接することができたけれど、どこか心に抱えたモヤモヤは隅っこに残ったままだった。

☆　☆　☆

その日、疲れて帰って来たアリスは上着も脱がずにソファーへ座った。

明日は休みだ、と思いながらソファーに身体を沈みこませる。

「今日は適当に返事をして失敗したなぁ……アルホフさんが良い人だから良かったけど……」

今思い出しても穴に入りたい気分。

まだ学生っぽさが抜けないと思われていたらどうしよう、と意気消沈してしまう。

「零士、いつ帰って来るんだろう」

零士はただ黙ってアリスの言うことを聞いてくれる時がある。あまり相槌を打たない人だけど、アリスにとっては、じっと目を見て聞いてくれるだけで嬉しかった。

彼はしゃべる方ではないが、多分聞き上手なんだろうと思う。対人関係は苦手だと言うけれど、きちんと人をわかっている、そんなところもアリスがベタ惚れするポイント。

だけど、永田に結婚式の予定はいつかと聞かれて、検討中としか答えられなかった。

『でも婚約して一年ということならそろそろ考えないとね。あまり婚約期間が長いのも、ね』

永田が言ったことは本当にその通りで、婚約して一年も経つのにまだ結婚しないというのはどうなのだろう。

「やっぱり変、だよね……」

でも、日本勤務が決まり、零士と同棲生活をしている。ここで彼と一緒に、彼が傍にいる生活をするのは嬉しい。長く彼と同じ時間を共有できることに幸せを感じる。

「私にとっては、カッコイイし優しいし、きちんと間合いがわかって接してくれて、大人で素敵な人……ああ、もう、好き……大好き」

仕事用のスーツが皺になることも気にせず、傍にあるクッションを胸に抱き寄せた。ぎゅっと頬を押しつけてこれが零士だったらいいのに、となんだか泣けてきたその時、玄関のカギを開ける音がした。

まさかと思って顔を上げる。ドアを開ける音も聞こえて、ソファーから立ち上がった。

リビングに入って来たところでアリスは駆け寄り、ドアの前でずっと会いたかった人を抱き締める。

「お帰りなさい！　零士！」

「………ただいま、アリス。どうしたんですか？」

零士は自分の家が狭いとか小さいとか言っていた気がするけど、アリスにとっては十分だった。何よりも数歩で駆け寄り、こうして零士を抱き締めることができるからだ。

「だって、せっかく日本で勤務することになったのに、零士がいないから！」

さらにギュウギュウ抱き締めると、彼はアリスの頭上でため息をついた。

「こっちも仕事だからしょうがないでしょう」

「そうだけど！　帰って来るなら帰って来るってきちんと連絡してよ！」

「しましたよ、六時間ほど前に」

「へっ？」

「スマホを見ていないのでは？　予定より早く帰れるようになったから、今日帰ります、とメールを入れてますが？」

そこでようやくアリスは彼を強く抱いていた腕を離し、慌ててソファーに置いた通勤バッグの中からスマートフォンを取り出す。

そこにはメッセージが届いているのを知らせる赤い印がポンとついていて、タップすると確かに零士から今日帰って来るという内容が送られていた。

「仕事は大変ですか？　アリス」

零士はスーツケースを持ち直し、真っ直ぐ寝室へと向かった。彼の荷物はすべて寝室にあるウォークインクローゼットの中だ。

アリスはその背を追いかけ、零士より先に寝室へ入って行く。

そこで気づいたのは、朝起きたままのグチャグチャな布団。

慌てて直そうとベッドへ向かう。けれど彼はすぐに寝室へ入って来て、ベッドの惨状を見られてしまう。

「あ、あの！　いつもはこんなにグチャッとしていないから。ちゃんとしてるからね！」

こんなだらしないところを見られたら、幻滅されそう。いずれ夫となる零士に、みっともないところを見せたくなかった。

焦りながら布団をバサバサしていると、零士が後ろからその手を取った。

「いいですよ、アリス。いつもは私も同じようなものだし、また寝るのだからその時に直せばいい」

そうしてアリスの腰に腕を回し、自分の方に向かせ、頭を撫でた。

「私、もう一緒に住んでいるけど、結婚したらちゃんと家のこともやって掃除もするから」

アリスが結婚したあとのことをさりげなく言うと、彼はそれにには答えてくれなかった。それどころか、再度仕事のことを聞いてくる。

「仕事は大変ですか？　アリス」

同じ質問をした彼に、素直にコクンと頷いた。

アリスは彼にお嬢様だと未だに思われているのだろう。だから何もできないように見えているし、もしかして生活能力がなさそうだから、結婚の話が進まないのかもしれない。

「なんでも初めてでね、企画をまとめるのも提案するのも大変だし、時間内に仕事が終わんないし、必要以上に回りくどいことをしちゃうし……それに……」

零士は黙ってアリスの言うことを聞いていた。やっぱり相槌を打たなくてもこうして聞いてくれる彼にキュンと来てしまう。

「零士、好き」

「……なんですか、それは」

一つ間を置いてちょっとだけ呆れたような表情を浮かべるその唇に、アリスは自分の唇を寄せて自らキスをする。

「零士に会えないから、余計に大変だったよ！」

「仕事ですからね」

そんな淡々と言わないでよ、と下唇を噛むとまた頭を撫でられた。

「風呂に入ってきなさい。その間に食事を用意しておくから。ゆっくり話を聞きますよ」

零士も疲れているはずなのに、アリスを優先してくれることに優しさを感じる。

彼はアリスほど口に出して思いを言ってくれないけど、その態度で好きだと言っているようなもので、さらにキュンとしてしまう。

スーツケースをクローゼットの前に置き、上着を脱いだその背中に抱きついた。

「私、明日休みなの、零士」

「奇遇だ、私もです」

「じゃあ仲良くしようよ、まずは、ご飯より」

「先に風呂と食事」

「なんで！」

頬を膨らませてそう言うと、彼は首を捻《ひね》ってアリスを見る。

「最初のころはシャワーを浴びさせてと言っていたのに、変わりましたね、アリス」

彼は喉の奥で笑い、膨らんでいるアリスの頬を指で押す。

「もう私との関係に慣れてしまいましたか？」

その言い方に顔を赤くしながら何度も首を振る。

「そ、そんなこと！　今でもシャワーをきちんとして、零士と、したい、よ？　初々しさがなくなったからつまらないって言うの？」

言いながらムカムカしだして、彼を睨んだ。

「私が、腹が減ってるんです」

「え？」

「時間がなくて朝食以降食べてないから、先に食欲を満たさせてくれませんか？」

ようやく気づいたけれど、彼の足元にスーパーのビニール袋があった。

零士はやっと気づいてくれたのかとでも言うように、ため息をつく。

「あなたが抱きつくからリビングに置くタイミングがなかった。簡単な炒め物くらいしか作らないけど、その時間も必要だから、早く風呂を沸かして入ってきなさい。そのあと私も風呂に入りますから」

彼はどこまでも冷静だった。アリスはやっと会えた嬉しさで胸がいっぱいなのに、こんな気持ちは自分だけなのかなと思ってしまう。なんだかすごく事務的に、ラブな時間を断られた気がして。

アリスがしょんぼりしていると、零士の指先がアリスの顎先に触れる。顔を持ち上げられ、腰を引き寄せられた。

「零士？」

「私もアリスを愛したい」

そう言って彼は素早くアリスに口づけをしてくる。

「んっ」

零士の舌がアリスの唇の隙間を撫でるように舐め、啄んでくる。口を開けると、スルリと舌が入ってきて、搦め捕られた。

濡れた音が耳にやけに響く。伝わる音の振動がアリスの弱い耳を刺激し、まるで愛撫されているような気さえしてきた。

「は……っ」

零士が手を頬に添えてから、耳をくすぐるようにいじる。

下唇を食み、次に上唇を同じようにすると、まるで食べるように吸われ、チュと音を立てて唇が離れる。

うっとりして蕩けるような時間。彼にキスをされて、すでにもう彼に抱かれたいと思ってしまった。だって、音とともに刺激されて、もう下半身が疼き始めている。

その様子を察したのか、零士は喉の奥で笑ってアリスの首筋から頬を撫でてくる。

「明日はお互い休みだから、愛し合う時間は急がなくても十分ある。あなたも疲れているでしょうし、風呂に行きなさい」

そう言って身体の向きを変えられ、背をトンと軽く押される。

首を捻って唇を尖らせた顔を向けると、彼もまた首を傾げ、受けて立ちますというような目をされた。

だからアリスはそのまま寝室を出てドアを閉める。

「なんか、ちょっと納得いかないけど、お腹空いてるなら、仕方ない……？」

しばらく立ち止まっていたけれど、もうこうなったらさっさとお風呂に入って速攻で出てきてやると思った。

しかしやっぱりアリスは疲れていて、湯を張ったバスタブに入るとホワッとした気持ちになり。

「気持ちいいー！　お風呂最高！」

なんだかんだ言っても、彼は一枚上手で、大人な男だった。

自分でお風呂最高と言ったことがなんだか悔しくなり、アリスはバスタブに顔を半分浸け込み、眉を寄せる。結局、彼の思惑通りになっている。

「あーもう！」

絶対に零士とイチャイチャする、と決心しながら、バスタブから出る。

アリスはいつもより入念に身体を磨き、彼との夜に備えるのだった。

9

視界の端にキラッと光る物が見えて、アリスは目を開けた。

それは自分の薬指に光る指輪で、思わず微笑み、その手を光にかざす。輝くそれをしばらく見つめ、隣で眠る人を横目で見た。

昨夜お腹を満たしたあと、零士は疲れていたらしくかなり軽いエッチな行為だった。

もちろん彼はアリスを高めてくれたけど、二週間以上会っていない婚約者同士としてはあっさりと終わったと思う。しかもそのあとスーッと眠ってしまい、アリスだけが身体の昂ぶりを持て余してしまった。

「私って……いつからこうなったの？」

呟いて顔を赤くする。天井を見て、一つため息。

零士はアリスをきちんと高め、一度はイカせてくれた。なのに物足りないなんて。

もっと零士に抱いて欲しかったし、もっと零士と一つになっていたかったし、それにもっとキスして欲しかった。

アリスは零士が初めてで、最初はあまりにも恥ずかしくて彼にされるがままだった。なのに、今では自らキスをし、背に手を回してもっとして、と思うようになっている。

『最初のころはシャワーを浴びさせてと言っていたのに、変わりましたね、アリス。もう私との関係に慣れてしまいましたか？』

もしかして、本当に初々しさがなくなっているから、昨日のアレは軽くすませたの？

と彼をもう一度見ると、零士と目が合う。

「起きてたの？」

「アリスが何か言ったような気がして目が覚めた……」

彼は両手で自分の目元に触れ、左目を軽くこする。

眼鏡をかけてない零士は年齢より少し若く見えて、それも素敵だった。無防備に乱れた髪は妙に色っぽい。

だから額にのせた零士の手の甲に唇を寄せて小さくキスをする。なんだ、と言うようにアリスを見る目にもキスをしたくて身を乗り出すと、制止された。

「なんで？　好きな人にはキスをしたいと思うのが普通でしょう？」

零士は眉間に皺を寄せていた。アリスも同じように皺を寄せ、唇を尖らせる。

「普通は男からするものです」

そう言って彼はアリスの顔を引き寄せた。最初は唇をつけるだけのキスだったのに、啄むようなキスを何度もされる。このキスがすごく幸せだと思う。愛し合っている感じがして、彼の首に手を回した。

最後に少し長く唇をつけると、ゆっくりと離れる。アリスは零士を見つめて口を開く。

「女の子がしちゃいけないの？　零士」

「あまり迫られると困ります」

ちょっと引いた感じの零士も好き。だけど引いているのに、本気でアリスを抱く時は優しく熱いのも好きだ。

「昨日は、仕事で疲れてたの？」

「ええ。一回出しただけで撃沈するくらいには」

そのあけすけな言い方に、一気に顔が熱くなった。

「つ、疲れていたのなら、私は抱き締め合ってイチャイチャするだけでも良かったんだけど」

物足りないなんて思っていたことは隠してしまう。

「俺が、あなたを抱きたかったからしょうがないでしょう」

そう言って彼はアリスの唇に小さな音を立ててキスをした。それを何度も繰り返し、唇を引っ張るように啄んだあと、唇の隙間から自分の舌を入れてくる。

今度は深いキスだ、と思いながらされるがままに受け入れる。

搦め捕られた舌が蕩けるように甘く感じる。アリスはしがみつく手に力をこめ、彼のキスに応えようと必死に舌を動かした。

「あ……っん」

鼻にかかった声を出し、胸を揉み上げる大きな手の感触に身体が震える。

唇を離した彼は、じっとアリスを見つめた。

「昨夜は物足りなかったでしょう？　アリス」

「そ、そんなことは……」

零士の手が背中のくぼみに触れ、撫でてくる。

「そんなことあるのでは？　あんなに軽いセックスでは、俺は足りない」

クスッと笑った彼がアリスの臀部の丸みを軽く摑み、もう片方の手は同じようにお尻の方からアリスの足の間を撫でてきた。

お尻の方からこうされると、なんだかより感じるような気がする。彼の指が入ってくる角度がそうさせるのだろうか。

「……っあ！」

アリスの身体にある隙間を撫で、その少し上にある尖った部分にも触れてくる。彼の指がスムーズに動くようになったのは、中から滲み出てくる愛液のせい。

「濡れてきた」

顎先にキスをされ、なぶるように中をいじられる。探るように動かし、何度も指が出入りする。

彼の唇が首筋、鎖骨へと下がっていき、胸に到達した時には先端が含まれていた。音を立てて吸われ、舌先で敏感になった尖りを転がされる。

「は……っあ」

我慢できずに声を上げると、指先が一度アリスの中から出ていき、足の付け根を撫でられた。濡れた感触が、自分の中から出てきたものだとわかると、ちょっと恥ずかしくなってくる。

朝なのにほんの少し触られただけでこうなる自分を、零士はどう思っているだろうか。カーテンの隙間から明るい光が差し込んでいたが、二人のいる寝室はますます淫猥で濃厚な雰囲気になっていった。

「零士……っ」

「感じやすいね、アリス。ほんの少し触っただけなのに、もう入れてもいいようだ」

クスッと笑いながらそう言う零士は余裕。大人の男で経験もそれなりにあるから、彼が初めての相手であるアリスは、簡単に彼の手の内にはまってしまう。

「朝なのに、君の身体はすぐに蕩ける。いけない子だ」

情欲を宿した目で咎めるように言われて、アリスは恥ずかしさのあまり目に涙を滲ませた。

「零士が、触る、から……っん！」

乳房の先端を指先で摘まれ、背をほんの少し反らす。胸を突き出すような形になり、彼の舌先が尖った部分を舐め上げた。

「あ……っや……だめ……っ！」

顔を手で隠す仕草をすると、彼はアリスにわざと濡れた音を聞かせるように立てて吸った。アリスの身体が艶めかしく揺れる。

「恥ずかしいのに、もっといじって欲しそうに突き出してますね」

余裕の表情を見せる零士は、反対の胸も同じように音を立てて吸い、揉み上げる。

「柔らかくて綺麗な胸だ。揉みがいがあります」

「そんなこと、言わないで」

揺らすように撫で続ける零士の腕をキュッと握る。中をゆるゆると出入りしていた指の動きが激しくなって、アリスは堪えがたい快感に身を震わせた。

「あ……っあ！　れい、じ……っ」

「一度イク？　アリス」

もうすでに喘ぎ声が止まらなくて呼吸が乱れていた。すごくエッチなことをされたというわけではない。胸を触られ、彼と繋がる部分に指が入っただけ。

それでもアリスの身体は歓喜に震え、彼を受け入れるために変化する。

「零士、が、欲しい……」

彼の下半身の昂ぶりは身体に当たる感覚でよくわかる。アリスは手を伸ばし、ためらいながら反応した彼のものに軽く触れた。

「零士も、入れたい、でしょう?」

彼を見ると微かに笑みを浮かべ、アリスに唇を寄せてくる。一度だけ舌を絡めるキスをし、下唇を撫でるように舐められた。

「入れて欲しい?」

彼は指をアリスの中から抜いた。その濡れた指先が隙間の少しだけ上にある尖りを撫で、そして摘む。

「あっ!」

腰が揺れ、自分の中から愛液が溢れてきたのがわかった。

「零士、入れて、……好きだから、零士に入ってきて欲しい」

「了解です」

お堅い返事をした彼は、いつの間にか手にした四角のパッケージを噛み切って、その中身を自身のものに着ける。

その過程を初めて見た時、あまりにもいやらしすぎて見ていられず、目を閉じてしまった。でも今は彼が昂ぶり、硬く大きくなるのはアリスが欲しいからだと思うと、胸が期待で高鳴る。

アリスの身体を横に向けた彼が、足を上げて自分の足を絡ませる。その肌が擦れる感触にも感じてしまい、小さく声を出してしまう。

「敏感だな、アリス」

「……だって、零士が、好きだから」

アリスの足を開き指先がツッと秘めた部分の中心を撫でる。思わず息を詰めると、彼の先端が隙間に当たる。

「入れるよ、アリス」

小さく頷くと、彼は焦らすように押し入ってきた。一度少しだけ入って来たかと思うと引いて、それからゆっくりとアリスの身体の隙間を埋めていく。

まるでなかったものが見つかったように、身体の中が満たされていく。

「あ……あぁっ！」

アリスの腰を掴み、自分の方へと引き寄せるとさらに奥へ押し入る。

最奥まで届いた時、アリスは自ら腰を揺らした。

朝から濃厚な快感を得て、大好きな人の背中に手を回す。

「零士……っ」

「なんですか？」

「私、すごく、幸せ……」

自ら彼の唇を吸って、キュッと抱き締める。

唇を離すと、彼は何かに堪えるように苦しそうな顔でアリスを揺すり始めた。しかしすぐに腰をぐっと押し上げ、身体を揺すり始めた。

「あっ！」

そのまま断続的に動かされ、アリスはいつもと同じように快感に翻弄される。

「あなたが俺に感じている顔がいいな」

「そ、そんな……エッチだ」

激しく揺すられて、気持ちよすぎてどうにかなってしまいそうだった。零士に愛される幸せを感じながら、アリスはただ彼を抱き締める手に力を込める。

「きもち、い……っれい、じ……」

自然と気持ちいいという言葉が出てしまう。

「でもまだ、イクのはなしだ」

彼が一度動きを止め、アリスの中から自身を引き抜く。

「あ……」

喪失感に息を詰めた。すごく良かったのに、彼がいなくなっただけで、アリスの内部が欲しがっている。

「零士……なんで？」

そう言った時、アリスの身体がうつぶせにされる。零士がアリスの身体を跨いで膝を突き、先ほどまで自身が入っていた隙間を撫でた。

「後ろから愛したい」

彼の指先が何度も繋がる部分を撫で上げる。そのたびに中から愛液が溢れ、アリスは身を捩《よじ》った。

「や……っ、だめ……」

喘ぐように言ったあと息が詰まった。彼の先端がアリスの中に埋まったからだ。

「だいぶ俺の形を覚えてくれたみたいだ」

零士の声は低く掠れていた。彼もまた感じているとわかって嬉しい。

そして彼の言う通り、アリスの身体は零士を歓迎するようにビクビクと締めつけた。腰を上げお尻を突き出す体位だからいつもと角度が違って、それもすごく良くて。

アリスはシーツをキュッと握り締め、口を開き喘いだ。

「ん……っはぁ！」

「後ろが好き？　よく締まる」

「……っ、零士、いじわるだ」

なんとか首をねじって後ろを振り返りそう言うと、クスッと笑って見せつけるようにゆっくり揺さぶり始め、アリスは甲高い声を上げる。

零士が腰を持ち上げようとしたけれど、気持ち良くて膝が立たなかった。腕の力が入らず、上半身をシーツにあずけてしまう。

「グズグズだな、アリス」

「……だって、零士が……っ」

断続的に腰を揺すられ、そうしながら彼がアリスの背に覆いかぶさってくる。背中から抱き竦められるような格好になり、いっそう鼓動が速くなった。

耳の後ろにキスをされ、舐められるとあまりにも良すぎて身体が震える。

「あまり締めつけると、こっちがもたない、アリス」

耳のすぐ後ろで言われ、快感が全身を貫く。

「や、みみ、だめ……っん！」

揺さぶりが激しくなり、アリスはもうすぐそこまで限界がきていた。

そのまましばらく突き上げられてから、今度は横向きに倒れ、肌が当たる音が聞こえてくる。

「もう、イキ、そ……」

「俺もだ、アリス」

耳を食まれたことが引き金となり、アリスは快感を解放する。

「ああっ！」

もう羞恥心さえ気にならなかった。全身を震わせ、中にいる彼を締めつけながらアリスは達した。

「アリス……っ」

彼はその締めつけに堪えられなかったのか、何度か強く腰を揺さぶり、それから最奥を突き上げ動きを止めた。

耳元に彼の荒々しい息遣いが響く。零士もまたよかったのだとわかり、腰に回されていた彼の手を上からキュッと握った。

アリスの頬を涙が伝う。それを拭っていると彼が顔を覗き込んだ。

「泣くほど良かった？」

まだ互いに息が整わないままだ。胸で喘ぎながら感じる余韻は心地よすぎるほどだった。

「零士が、いっぱい向き変えるから……」

「昨日の軽いセックスでは、満足していないと言ったでしょう？」

零士が指先でそっとアリスの頬を撫でた。そのまま軽くキスをした彼に心臓がキュンとなり、まだ中にいる彼を締めつける。

「まだ欲しい、ですか？　アリス」

彼がゆっくりと自身を引き抜き、アリスの身体を仰向けにする。

「零士が愛してくれるなら……いいよ」

彼に手を伸ばすと、零士は一瞬だけ眉根を寄せて、大きく息を吐き出す。

「いつでも、愛していたいに決まっている」

零士は避妊具を取り去り、新たなパッケージに手を伸ばし、それを開ける。

まだ硬さが残り、熱が冷めていない彼のもの。それに避妊具を着けるのをじっと見ていた。

「君は大人になった。以前は俺のものを見ていられなかったから」

彼は唇の端だけで笑った。確かにそうだけど、もう、彼とは結婚をするのだから。

「だって私、もうすぐ零士の妻になるんでしょう。零士が私を愛してくれるものなのに、見れないわけがないでしょ？」

彼はアリスの言葉に小さく息を吐き、そして微笑んだ。

「そうですね」

零士はアリスの足を開き、自分のものに手を添え、アリスの中に埋めていく。

ただそれだけなのに、先ほどイカされた身体は敏感になっていて、自然と目に涙が浮かんだ。

「泣くほど気持ち良くなるのはこれからだ、アリス。今度はあなたのイク顔が見たい」

そう言って彼がすぐに身体を揺さぶり始める。

それがとても気持ちよくて、幸せだった。

アリスは快感に泣かされながら、ずっとこうしていたいと思うのだった。

☆　☆　☆

零士と休日を過ごした翌日、とてもすっきりした気持ちで出勤した。

イチャイチャしたい、くっつきたいというアリスの思いを、零士はある程度満たしてくれた。

朝から抱き合ったあと、恥じらいながら二人でシャワーを浴び、一緒に朝食を摂った。

それからソファーで隣同士に座ってテレビを見て、唇を寄せたらキスに応えてくれたのが嬉しかった。

アリスは零士と、こうしてまったり暮らしたかった。今までは遠距離で飛行機の時間が気になったり、仕事もあって短い時間しか一緒にいられず、零士は慌ただしく日本に帰っていたから。

それを伝えたら、これからはこういう休日もあるだろうと言われ、さらにキュンと来て再度唇を寄せキスするとすぐ深まり、服を着たままソファーの上で繋がり合った。

その時のことを思い出していると、肩をポンポンと叩かれた。

「思い出し笑い？」

肩を叩いたのは永田だった。アリスは慌てて背を正し、ニヤけた笑みを引っ込めた。

「いいえ、昨日ちょっと……面白かったテレビを思い出して……すみません、変でしたか？」

「本当にそう？」

「え？　そう、ですよ？」

「社長が帰って来たのは一昨日だし、ということは添島さんも一緒に帰って来てるわけでしょう？　だったら昨日は休みだし、二人で夫婦水入らずだったのかな、ってね」

ニコニコしながら永田に言われて、アリスは顔を熱くする。

「そ、そんなこと？」

「本当に？」

ふふ、と声に出して笑った彼女は、アリスが何か言う前に口を開いた。

「さて、アリスさんにお客様よ。アポはないけど、どうしても会いたいってことらしいから、とりあえず応接室で待たせてあるわ」

「私に？」

「そう！　なんと外国人！　ブラウンヘアーにブラウンアイの、めちゃくちゃカッコイイ男子が待ってるわ。名前は……クリフ・モーガン。どこかで見たことあるの……どこだったかな……名前もなんだか聞いたことがあるような気がするのよ」

そう言って首を捻る永田を見て、慌ててアリスは立ち上がり、目を見開く。

「クリフ・モーガンと言ったんですか⁉」

「……ええ、そうよ」

アリスの剣幕にちょっと引き気味で永田が頷く。

クリフ・モーガンはアリスの幼馴染みだ。でもそれ以上にここでは重要人物かもしれない。突然やってくるなんて、そんなことありえない。

アリスの驚きと焦りに、いったいどうしたの、という目で永田が首を傾げる。

「知り合い、なのよね？」

「彼は、知り合いも何も……」

いったい何があって来日したんだろうか。そしてなぜアリスに会いに来たのかと、頭の中ははてなマークでいっぱいだ。

その人がもし本物のクリフ・モーガンならば応接室に通している場合ではない。アリスに会いに来ただけではすまされない理由があるのだ。

「永田さんもご存じかもしれません。本物のクリフなら、トレジャーグランドホテルの後継者ですから。現ＣＥＯのご子息です」

「え？　トレジャーグランドホテル⁉　ええっ！」

トレジャーグランドホテルはカニンガムホテルと比べても遜色がないほどの、世界的な高級ホテル。ホテルランキングではカニンガムホテルよりもトレジャーグランドホテルは上にランキングされている。

創業家の御曹司で何の肩書きもないクリフは役員として登録されてはいないものの、実質経営をしているのは彼であり、来年には彼がトレジャーグランドホテルのＣＥＯになると噂されるほどやり手な人だ。

アリスとは小さいころから親同士の交流もあって幼馴染みであり、ティーンやカレッジのころ、よく一緒に遊んだりした。何度か付き合って欲しいと言われていた。が、まるで遊びのようなやり取りであったし、彼も深く突っ込んでこないので本気だと思ったことはない。

社交的で顔も広く性格も明るくていつも人気者だった。誰もが振り向くような、カッコイイ美丈夫であり、素晴らしいお嬢様達からモーションをかけられていたのだ。

「あの、ひとまず、社長にはお知らせした方が良いと思います」

「そうね、そうした方がいいわね！」

永田は行動が早かった。まず上司である企画部の部長に伝え、彼が社長に伝えるために慌てて脱いでいた上着を着て社長室へ向かった。

周りは騒然とし始め、とにかく彼にお茶とお茶菓子を、ということになりアリスは手を上げた。

「私が持っていきます！」

アリスを訪ねて来たのだから、と周りの社員に異存はなく、アリスがお茶とお茶菓子を用意して応接室へ向かうことになった。

しかし一体なぜクリフが来たんだと、アリスは首を捻る。

最後に彼と会ったのはもう一年以上前かもしれない。

最近は、あのトレジャーグランドホテルのＣＥＯとなるのだから忙しいのだろうと勝手に考え、アリスの方からは連絡しなかった。

日本に来てからは仕事に目を回していたので、全く気にもしなかった。

仕事でここに来る用事でもあったのかと思いながら応接室をノックし、中に入る。

「やぁ、アリス！」

久しぶりに日本語ではなく、英語で声をかけられ一瞬目を瞬かせた。

彼は立ち上がり、アリスが持っていたお茶が載ったトレイをテーブルに置き、抱き締めてくる。

「久しぶりだ。元気にしていた？」

いつも通りの明るい笑顔。優しくハンサムな顔立ち。笑顔の時に浮かぶ目尻の皺も愛嬌があって素敵だ。いつもにこやかな彼につられて、アリスも笑顔になってしまう。

「もちろん、クリフ。急にどうしたの？　私にお客だっていうからびっくりして……」

少し身体を離し、彼を見ると茶目っ気のある顔でウインクされた。

「もともとホテル業界の会合の件でこちらに伺うことになってたんだ。でもその前に君の顔を見たくてね」

一社員のアリスにはそんな話は初耳だったが、団体の会合と言われればそういうこともあるのだろう。天宮はホテル産業の振興のために、時々呼ばれて顔を出していると零士から聞いたことがある。

クリフは、まだ首を傾げているアリスに小さく微笑んで言葉を続けた。

「君が婚約してから、なんだか連絡取り辛かったし、何と言ってもショックだったしね。仕事中で悪いかなと思ったんだけど、せっかくこちらに来るんだからと思って」

「本当に突然すぎてびっくりしたわ」

アリスは笑って彼の背を軽く叩いて離れようとした。けれど彼は離れてくれず、ん？と彼を見上げて軽く眉を寄せた。

「全く僕に黙って日本勤務になるなんて、びっくりだ」

「それより、クリフこそ忙しいんじゃないの？　お父様のあとを、そろそろ継ぐのだと思っていたんだけど」

「まぁ、そろそろね。でも、その前に君に会いたかったんだ」

クリフはそう言ってアリスをまた抱き締める。頬にキスをされ、アリスは瞬きをした。

この抱き締め方は、とアリスはちょっとだけ変に思う。

まるで恋人を抱き締めるような熱さを感じ、彼の胸を押した。

そんな時にタイミングよくノックの音が聞こえ、応接室のドアが開く。

部屋に入って来たのは天宮で、二人を見て目を丸くする。

「……あれ？」

天宮が丸い目をしたまま、じっとこちらを見つめた。もちろんその後ろには零士もいて、アリスは目を瞠る。

零士は天宮のように驚くことなく、いつも通りの顔でこちらを見て、それから視線を外した。

「これは……アリス・カニンガム嬢と面識があったのですか？　あっても不思議はありませんが」

気を取り直したように天宮が微笑み、アリスとクリフを交互に見やる。それから、クリフに手を差し出してお互い簡単な挨拶を交わした。

「同じホテル業界の親を持つ者同士、小さい頃からの幼馴染みなんですよ」

その言葉に天宮は納得したように頷いた。

「カニンガム嬢は仕事中ですので、一旦、オフィスへ返してもよろしいですか？」

助け舟を出すような天宮の言葉に、アリスはほっと一息ついてクリフに会釈する。彼とは旧知の仲とはいえ、自分はここでは部外者だから、早めに切り上げるべきだろう。

「まだ仕事があるから……ごめんなさい、クリフ」

そう言って切り上げようとしたが、クリフが声をかけた。

「あ、良かったら今日の夜、僕と一緒にディナーでも？」

突然の提案にどう答えていいのか躊躇う。これは私的な誘いなのか、それとも……。

それにしてもカニンガムホテル東京の社長の前で、堂々と誘うということの意味をわからないわけはないだろう。そう思っていると、彼は言葉を続けた。

「よろしければ、天宮社長と、彼女のご婚約者と一緒に。そこのセクレタリーの方ですよね？」

クリフは軽くウインクした。アリスが考えていることがわかったらしい。彼の提案に天宮は頷いた。

「そうですね、ではカニンガム嬢と一緒に。お近づきのしるしに、秘書の添島と同席させていただきます」

零士の方を見ると、零士は秘書らしく黙って後ろに立ったままだ。婚約者として紹介された時こそ軽く一礼したが、あくまで秘書として控え目な態度だった。

「いいね。楽しみだ」

「では、今夜、よろしくお願いします」

アリスは背を向けようとしたところで、クリフに手を取られた。

彼は魅力的な笑みを浮かべ、優しい目を向けてくる。

「日本にいる間に一度二人だけで食事でもどうかな?」

え? と思い、アリスは思わずクリフではなく、零士に目をやった。

婚約している身で、その人以外の男性と二人きりというのは、内心気が引けたのだ。

零士は眼鏡を指で押し上げてから、少しだけ片眉を上げた。

「アリスの時間が合いましたら、許可しますよ」

いつもと変わらない口調でアリスの代わりに答えた。

「許しが出たようだから。じゃあ、また連絡するよ」

クリフはにこやかに微笑み、アリスに別れの挨拶をした。零士がドアを開け、クリフと天宮を促す。きっと社長室で話をするのだろう。零士の傍を通った時、アリスは何か言われるかと少し緊張した。しかし、彼は平然として目も合わすことはなく、それが少し寂しく感じた。

オフィスに戻るとクリフの話題で持ちきりで、アリスは質問攻めにされた。ライバルホテルの御曹司がやってきたということと、アリスがその彼と知り合いということでみんな興奮しているようだった。「さすがセレブの世界は違うね」という言葉が耳に入って少し複雑な気分になった。

やはりカニンガム家のお嬢様、というのは就職してもつきまとうんだな、と思った。零士がカニンガムホテルに就職するのをあまりよく思わなかったのが、今ならなんとなくわかる。

特別扱いはされていないけれど、さすがね、と言われるとなんだか違和感があった。将来、零士の妻になってもこういうことはあるのかもしれない。

それからふと、クリフの自分を見る目を思い出し、ため息をついた。

零士はクリフと二人で会うことに、何も感じないのだろうか？　アリスは胸にわずかな痛みを覚えながら、自分の席に着いた。

10

零士からメールで、ディナーの時間は午後七時半に、カニンガムホテル東京の日本料理レストランで、という連絡があった。しかし、そのメールを受け取った二時間後にフレンチレストランへと変更になった。

なんでも、クリフが最初日本料理を、と言ったのだがやはりフレンチにと変更したらしい。なんとなく気まぐれな彼らしい変更だな思いながら、もてなす側の天宮のことを思った。

彼はおおらかなので、笑顔でいいですよと言ったかもしれない。しかしそれをセッティングするのは零士なので、変更は面倒だったかも、と思う。

クリフは良い意味で、本当に御曹司らしい性格だ。社交界でも顔が広く、気まぐれなところはあるものの決して気分屋というわけではなく、気さくで友人の頼み事も聞くし、仕事の面では妥協をしない。

アリスもお嬢様と言えるが、彼よりもまだ普通に育てられたと思う。それは日本の一般家庭で育った母の影響が大きかった。

彼の妻になりたい女性はたくさんいるだろうけど、彼自身がまだ結婚する気はないらしい。きっとしばらくは気ままな独身生活を楽しんでいたいんだろうと思っていた。

アリスは一度家に戻って、ディナー用の服装にしなければならなかった。さすがに仕事の地味なスーツだとクリフに申し訳ない。

指導をしてもらっている永田や上司に断りを入れて定時退社し、ベージュ色の膝丈のドレスに着替えた。裾がレース素材のそれは大人っぽくもあり、年相応にも見えるお気に入り。

「最近これ、着回しているような……」

新しいドレスが欲しいなぁ、という気持ちになったがアリスは首を振る。

今はそんなに服をバンバン買えるほどの余裕はないのだ。自分の生活は自分で、と両親にフラットを買ってもらってからはそう決めたのだ。

ただでさえアリスは零士に、家賃と光熱費のほとんどを支払ってもらっている。零士は最初は全部自分が払うと言っていたが、彼任せにしたくなかったので、水道代だけはアリスが支払うことになったのだ。

「確かに給料の違いはあるけれど……」

零士のお給料は、アリスの倍以上だった。それは勤続年数というのもあるだろうが、それよりも実力主義なカニンガムホテルなので、能力給があるためだろう。それこそアリスが彼を知らないころ以前父や伯父が、零士は優秀だとよく言っていた。

からだ。

いつか自分も能力給がもらえる日が来るのだろうか、と今の仕事ぶりを顧みると若干心が沈んだ。零士までとはいかないまでも、少しは頼りにされるような社員にならなければ、と強く思った。

身支度を整え、化粧も直し終わった時に、スマートフォンが鳴り始める。相手は零士で、アリスは笑顔で電話に出た。

「もしもし？　零士？」

『アリス、用意できましたか？』

「うん。これから家を出るところ。零士はそのままレストランに向かうでしょう？」

『ドレスは何にしましたか？』

「ベージュの膝丈ドレス。裾がレースの」

零士はそれを聞いて、ああ、とわかった様子で声を出した。

『私のクローゼットの中に、あなたに似合うドレスが入っているから、それを着なさい。十分後には迎えに行きます』

「え？」

急いでいるのか、そのままプッツリと電話が切られた。

彼の言う通り、寝室のクローゼットを開くと、すぐ目の前にラベンダー色のドレスがあった。クルミボタンがセンターにあり、柔らかいシフォン素材と、広がりの少ない薄い長袖のドレス。

高級感もあるが、何よりも大人っぽく品があってアリス好みだ。

「わ……これって、私のために零士が買ってくれた？　プレゼント？」

嬉しくなって、思わずドレスを抱き締めて幸せを噛み締めた。けれど、すぐに十分後に迎えに来ると言った零士の言葉が頭に浮かび、急いで今着ているドレスを脱いだ。

「いつのまに用意してくれたんだろう！　すっごく嬉しい！」

もしかして二人でデートをする時のために買ってくれていたんだろうか、と思いをはせる。

新しいドレスに袖を通すと、まるで測ったかのようにアリスにちょうどいいサイズだった。丈もぴったりで、ふんわりした生地の肌触りもよかった。

我ながら似合うと思うし、零士はアリスのことをよくわかっているな、とさらに彼のことを好きになってしまう。

鏡の前に立ち、クルリと回ってみる。裾がヒラヒラしすぎず、落ちるドレープもキレイなシルエットだ。

「かわいい、キレイ……」

襟も詰まっているため、余計なアクセサリーはいらない。ピアスはパールの一粒タイプが似合いそうだ。

さっそく、今身に着けているものを外し、ジュエリーボックスの中からパールのピアスを取り出し、着けてみる。

自分の今の姿に満足し、頷いたところで部屋のドアが開いた。

「零士！」

ちょうど十分経ったところで迎えに来てくれた零士はアリスを見た。ドレスを見せるように一度クルッと回ると、彼はほんの少しだけ微笑む。

「似合ってる？」

「似合ってます。少しおとなしすぎるかと思ったけど、そういう雰囲気のドレスも似合うのだなと思いました。美人は何を着ても似合います」

美人、何を着ても、だなんてと、アリスはちょっとだけ照れてしまう。それを隠すように頬に手を当てた。

「どうしてこのドレスを選んだの？」

「アリスに似合いそうだと一目見て思ったので。できれば二人でデートする時に着て欲しかったのですが、仕方がありません」

二人でデートなんて、ほとんどなかった。しかもドレスを買っていてくれたということは、そういう格好、でするデートだ。

もしかして、零士は結婚の話を切り出すことを思って……と勝手に妄想してしまう。

アリスが一人想像の世界に浸っていると、零士は近寄り、アリスの顎に手を添えて、親指で唇を撫でた。

「れ、零士？」

なんだかセクシャルな雰囲気、と思いながら彼を見上げる。

「行きましょうか、アリス」

そう言って手を差し出す。

アリスはその大きな手に自分の手を重ねた。キュッと手を繋がれ、軽く引き寄せられる。

「ドレスを汚さないようにしなければなりませんね」

まるで子供に言うように言われたので、アリスはちょっとムッとした。

「汚さないから。大丈夫よ」

「そうですね。日本料理でなくてよかったのでは？　アリスはまだ箸使いがおぼつかないから」

痛いところを突かれて唇を尖らせる。

「どうしてそんな意地悪言うの？　零士」

「あなたが綺麗だから照れ隠しですかね」

フッと笑った彼は優しい目をしていた。それから身を屈めて素早くアリスの唇にキスをした。

それだけでアリスはさっきまでムッとしていたというのに、あっという間に機嫌がよくなってしまう。

彼の腕に手を回し、キュッとその腕を抱き締めた。

「私、零士とこうしてドレスアップしてディナーしたかったの」

「二人きりではありませんけどね」

「そう、それは残念。でも嬉しい」

「そうですか」

二人きりではないけれど、食事を一緒にできるのは嬉しい。

ただ残念なのは、女はアリスだけだということ。もし天宮やクリフにパートナーがいたらもっと楽しいディナーになっただろうな、と思いながらカニンガムホテル東京へと向かった。

☆　☆　☆

クリフと天宮は、すでにレストランに入ってすぐのところにあるソファーで待っていた。

零士とともに二人のもとへ行くと、クリフは微笑んですぐに立ち上がった。

「遅くなってごめんなさい。待った？」

「いや、大丈夫。僕も天宮社長も今来たところだ」

「よかった」

その時何やら視線を感じて周りに目をやると、女性客も男性客もチラチラとこちらを見ていた。しげしげと眺めている人達もいるくらいだ。

三人とも背が高く、スマートなスーツ姿。おまけに顔立ちはとても良くて、イイ男感が半端ない。三人はあたりの視線に気づかないのだろう。というか、これだけ目立つのだから慣れていそう。

アリスはこのキラキラ感に慣れず、少し緊張して落ち着かない。

メイクももう少し明るいリップが良かったかもと思っていると、零士が背を軽く撫でる。

「どうしました？　アリス」

零士が不思議そうな顔をしてアリスを見る。アリスがソワソワしているから気になったのだろう。

「大丈夫。なんでもないよ、零士」

零士がそうか、と言うように微笑んだところで、天宮が口を開く。

「さて、そろったことだし、中に入りましょうか。モーガンさんも、どうぞ」

レストランに入るよう促す。それに対してクリフは天宮に微笑みながら言った。

「どうかクリフと呼んでください。……ああ、もちろん有能だと有名な秘書の彼も」

「そうですか。では、クリフ、夜景の見える窓際の席を用意しています。今日は楽しい夜になりそうですね」

ずっと笑みを浮かべているような天宮が、いつも通りの穏やかな声で話しながら先頭に立ち、レストラン内を案内する。優雅な仕草でクリフに説明をしながら、時折笑みを湛えている。初めてこういう風に客観的な目で天宮を見ると、さすがだなと思った。

こんな素敵な人達に囲まれているアリスは、どう思われているのだろう。お姫様気分、と言いたいところだが、やっぱりこの感じに慣れていないアリスは、ちょっと緊張してしまう。

この三人はみんな独身で、しかも一番年長の天宮にどうしてパートナーがいないのだろう、と不思議に思う。

零士には自分がいるし、クリフはまだアリスと同じ年の二十四歳という若さなので、まだ先でも全然大丈夫だ。

天宮は有能かつ、非の打ち所のない極上の男だ。永田も言っていたが、なんで結婚していないんだろう、とアリスは内心首を傾げる。

恋愛には慎重すぎて堅苦しい考えを持っているのかもしれない。もしくは気難しいとか、と勝手に勘ぐってしまう。

隣にいる零士は恋愛するにはちょっとどころかかなり気難しい。でも、最近はアリスにとても甘い気がする。そう思ってそっと彼を見上げると、先ほどまで気づかなかったが、彼は昼間と違ってスーツの中のシャツをグレーにし、ネクタイもそれより少し明るい光沢のあるライトブルーのオシャレなものにしていた。その姿もすごく似合っていて、今日何度目かに胸がきゅっとなった。

目的のテーブルの前に来ると、クリフは先に進んでさっと窓際の椅子を引いた。

「君は夜景好きだったよね？　アリス」

「覚えてくれていたの？」

「もちろんだ。どうぞ、アリス」

彼は椅子を指し示すように手のひらを見せた。チラリと零士を見れば、彼は何事もなかったようにアリスの背を軽く押した。

「椅子を引いてくれていますよ、アリス」

「ありがとう、クリフ」

「どういたしまして」

彼は自分で椅子を引き、アリスと対面するように座る。天宮は彼の隣に、零士はアリスの隣に座った。

高層のガラス窓から見える景色は綺麗だった。東京の夜景はマンハッタンと同じくらい明るく、美しい。

「綺麗ね、零士」

零士に微笑みながらそう言うと、彼は窓の外を一度見て、いつものように返事をした。

「そうですね」

相変わらず素っ気ない言葉が返ってきた。

「君達はいつも、そんな感じで会話をしているの？」

クリフからあまり言われたくないことを口にされ、アリスはツンと首を反らして答えた。

「いいでしょう？　これも私と零士のスタイルなの」

天宮が笑いを滲ませてアリスに加勢してくれる。

「そうそう、こう見えてもウチの添島はアリス嬢に夢中なんですよ。人前ですし、添島は抑え気味で返事をしているだけです。だよね？　添島」

天宮から問いかけられ、零士は眼鏡を指で押し上げてからため息をついた。

「ええ、まぁ。人前で大っぴらにはできない性分ですから。婚約者として、大事にしているつもりです」

零士らしい硬い答えだったが、肯定してくれてアリスの鼓動は跳ね上がった。

「嬉しい、零士」

アリスの言葉に零士は何も答えず、クリフに目を向けた。

「アリスと、親しいんですね」

「ああ、そう。いつもランチを一緒にしたり、パーティー先で会ったらダンスをしたりと、親しい関係だ。そうそう、夜景といえば、あまりにも綺麗だから窓に近づきすぎて、アリスが激突した時があったな。感嘆の声を上げながら、小走りでそのまま、ゴンッとね！」

アリスは顔を赤くして、手を振りながらやめて、とクリフに言った。

「もうっ！　そんな昔の恥を話さないで！」

「いやいや、しっかりしているところもあるけれど、お嬢様らしくけっこう天然でね。イブニングドレスで躓《つまず》いてワインを床に零したこともあったな。誰も見ていないし、ドレスも無事だったが、僕だけがそれを見ていて噴き出したよ！」

恥ずかしい昔話を暴露され、ロングドレスに慣れずに失敗したことを思い出す。

「もう、ちょっと！　あれはまだ社交界に出たばかりで、まだロングドレスに慣れてなかっただけ！　今はそんなことないから！」

これ以上零士の前で昔の失敗を話さないで欲しい。彼が知っている自分は、そんなことをしたことがないからだ。

「零士、昔のことだから」

焦って釈明するように言うと、彼はアリスを見てほんの少し微笑んだ。

「そうですか。良い昔話を聞けて、楽しいです」

「もう忘れていい過去だからね！」

「わかりました」

零士はまたも変わらない、淡々とした返事をした。天宮はその様子を見て、口を開く。

「少しはヤキモチでも焼いたらどう？　添島」

「それは余計なものですよ、天宮。私とアリスは婚約者ですから、これからそういう笑い話もたくさん作れます」

零士はすっとアリスに視線を移して言った。

まだ一緒に住み始めて日が浅い。結婚の約束をしたのは一年以上前だけれど、婚約者同士らしい時間をその間積み重ねられなかった。

「そうよね！　これから一緒に旅行に行ったり、こうしてディナーを食べたりするのよね、零士」

今日のように、ドレスをプレゼントされ、ラブラブなデートをする日だってたくさんあるはずだ。それは近い未来に絶対にありえる出来事だ。

「そうですね」

零士もすぐに返事をしてくれた。彼がほんの少し微笑んでアリスを見てくれたので、アリスも微笑み返す。

そうしているうちにシャンパンがグラスに注がれ、前菜が運ばれてくる。

美味しそうなそれを見て、わぁ、と心の中で感嘆の声を上げた。

「今、わぁ、って思ったでしょ？　アリス」

クリフがそう言って微笑む。彼はなんでも知っているかのようにからかうのが常だ。

「からかわないで」

「からかってないさ。君がわかりやすいだけだ。そう思いませんか？　ミスター添島」

零士はクリフの言葉に、短く答えた。

「ええ」

「ミスター天宮もそう思うでしょう？」

今度は天宮に問いかけ、彼はアリスを見て苦笑する。

「アリス嬢は素直で可愛くて美人だ。魅力的だから、つい表情を見てその心を感じ取ってしまう。良いことだと思うよ？　未来の添島夫人」

最初はアリス嬢と言って、最後は添島夫人というそれが、何とも憎らしい感じ。

でも添島夫人という言葉がくすぐったくも嬉しいアリスがいる。

「ありがとう、天宮社長」

「いいえ、本心だからね」

天宮は大人だ。そしてアリスを上げてくれる言葉をよく知っている。アリスに対しては言葉が少ない零士をよく理解しているようだった。

「食べなさいアリス。きっと、目で見るよりももっと、わぁ、と思うはずだから」

零士から言われて、笑みを浮かべて大きく頷く。

「ドレスを汚さないように」

最後にそうつけ加えられ、アリスはぷいっと唇を尖らせた。

「もう！　汚さないって言ったでしょ？」

出がけに言われた言葉をまた繰り返され、結局は年下の女の子扱い。

「小さい子じゃないんだから」

「わかってますよ。アリスは大人の女性です」

なんだか零士の言葉には釈然としないが、アリスは前菜にフォークとナイフを入れ、口に運ぶ。

それは零士に言われた通り美味しくて、わぁ、と思った。彼を見ると口元で微笑み、ほらね、とでも言いたげだった。

「君はきっとまだ箸をうまく使えないだろうから、日本料理ではなく、フレンチにしたんだよ」

クリフがそう言ってシャンパンを飲む。

彼は、アリスが零士と付き合いだしたころを知っている。なぜならランチに誘われた時に、日本料理がいいとアリスがリクエストしたことがあるからだ。

『どうして急に日本料理なんだ？』

『……付き合いだした彼が、日本人なの。箸使い、綺麗だったし、私も上手くなりたくて』

けれど、どこからリサーチしたのかわからないが、まだアリスの箸使いがおぼつかないのを知っているらしい。

「なんで知っているの？　父から聞いたの？」

「そうだよ。上手くなったか聞いたらそうでもないって言っていた。君は日本人の彼のために、上手くなりたかったんだよね？　僕はいい感じに使われたなぁ、と思ったよ。まぁ、そこもアリスらしくて、可愛くて好きだけどね」

アリスにとっては零士にあまり知られたくなかったこと。それに箸使いが上手くないことを天宮にも知られてしまった。

アリスが下唇を噛みクリフを軽く睨むと、彼はアメリカ人らしく手を広げて明るく笑ってみせた。

「いじらしいと思いませんか？　ミスター添島。僕はそんな彼女が可愛らしくてたまらないんです」

「そうですね」

零士はそれにも短く答え、口の端を軽く上げるだけだった。

何か突っ込みを入れてもいいのに、と思ったけれど、料理が美味しいからそれはもういい、と思った。

「彼女の可愛さは、添島が一番わかっていると思いますよ、クリフ」

そうして微笑んだ天宮の言葉に、零士はただ微笑んでいた。

どうしてもっとアリスを喜ばせるような事を言わないんだろう。

零士らしいからしょうがない、とアリスは気を取り直した。

クリフはちょいちょいこうしてアリスの変な昔話をして場を盛り上げた。そしてもちろん仕事の話も交え、始終和やかにディナーの時間は進んだ。

けれど、心の奥底では。

もっと零士にはアリスが好きなのだという部分を見せて欲しかった。

久しぶりに会ったクリフに幸せなところを見せたい思いがあったから。

でも零士だからな、とそこはあきらめ、ほろ酔いになるくらいに美味しいお酒と料理に舌鼓を打つ。今度はきっと二人きりでディナーを、と思いながら。

11

――――昨日はまさかの事態が起きて、対応が大変だった。

痛むこめかみを指で押していると、どうやら天宮も同じだったらしい。彼は出社して椅子に座るなり首の後ろに手をやって、疲れたように頭を左右に振った。

「昨日は、ちょっと、大変だったな、添島」

大きくため息をついた天宮が、少しの間机に顔を突っ伏した。

しかも、カニンガムホテル東京の、どの部屋でもいいから宿泊させて欲しいと彼からの要望があり、部屋の手配を急遽しなければならなくなった。

クリフ・モーガンほどの人物を適当な部屋に泊まらせるわけにはいかず、カニンガムホテルスイートと称する、プレジデンシャルスイートの一つ下のランクの部屋を用意したのだった。

「そうですね。まさか食事まですることになるとは」

零士もそっと見えないようにため息をつくと、あからさまにため息をつくと、天宮がクリフの話題を持ち出し、そこから長々と話を展開させかねないからだ。

今日の天宮のスケジュールはパンパンだ。退職を希望している社員との面談が午後にあり、その前にデザイナーである、早紀・アルホフとの打ち合わせ。そして、なんといってもやらなければならないのは、アジア圏出張の報告書作りだ。

これはアメリカ本社に提出するものだから、零士が全部やるわけにはいかないし、そのほかにも朝のカンファレンス、決裁書類などがある。いつもどうして社長になったんだろうと時々いや、よくボヤくけれど、そんなことは今さら言っても仕方がない。

「突っ伏してる暇はありませんよ、天宮。今日も仕事が山積みですから」

「わかってるよ」

突っ伏したまま手を振って見せ、のろのろと顔を上げる。

襟を正した天宮が気を取り直したように、零士がデスクに置いていた書類を見る。その一枚にサインをし、次の書類を手にして、こちらを見た。

「モーガン氏は、ずいぶんと君の婚約者と仲がいい」

そうしてにこりと微笑んだ彼は、二枚目の書類に目を通す。

「ずっと仲良くしていたようですよ。家柄も釣り合う、幼馴染みみたいです」

「まぁ、あれだけイイ男だから自分に自信があるんだろうね。カニンガム家では唯一のお嬢様だから、余計に気になるんだろう。家柄は釣り合うかもしれないが……。もし添島でなくモーガン氏と恋仲になったら、大変かもしれない。ホテル業界はびっくりだ」

「それはそうですね。商売敵同士ですからね」

天宮は何度か頷きながら、二枚目の書類にもサインをした。印鑑がいる日本の提出用の書類であるため、引き出しを開け、社用の印鑑を押す。

「添島、君はあの親しさに嫉妬しなかったのか？」

「なぜです？」

「アリス嬢は君の婚約者だろう？　逆に婚約者だから気にならない？」

今日は、やけにしつこいな、と思いながら顔を上げた。天宮は頬杖を突いて、なんだか楽しそうにしている。

「そういう話をすると長くなりそうなので、とっとと仕事をして欲しいんですが？」

「もう少し、美人な婚約者に関心を持つことが君の課題だな。モーガン氏にかっさらわれたらどうする？　君みたいに付き合いに一線を引くような男には、もう次の出会いがあるかどうか」

次があるかどうか、というところは確かにその通りだ。

本当のところ、あの親しすぎる関係には、モヤモヤするものがあった。嫉妬と言えば、確かにそうだ。頭で割り切れない苛立ちを覚えるのは、初めてのことだ。

アリスは零士の婚約者だが、付き合って一年、婚約して一年と言ってもその関係は薄っぺらいもの。

一方のクリフはずっと長くアリスを知っている。それをわざとらしく零士にアピールしているのは、正直気に入らなかった。

「本当に親しくてお似合いだったよ。美男美女、国籍も同じだから煩わしい手続きはいらない。早く結婚しないから、ライバルが出現するんだよ、添島」

「ライバルだなんて……仕事してください、天宮」

零士が仕事のことを強調すると、全く君は、と天宮はため息をつく。

「仕事で僕の言うことを誤魔化している？」

「そういうわけではありません。……確かに、あなたの言う通りお似合いでした。アリスも気を許して話していましたしね」

アリスの笑顔は零士に向ける笑顔と違い、まるで家族に向けるような、年相応の可愛らしい笑顔だった。

だからこそ、クリフのアリスをからかう様子は、自分の知らないアリスを垣間見たようで不快な気分になった。

そしてなんといっても、クリフはアリスを好きだと言った。

アリスはきっと友人以上の好意とは思わなかっただろう。しかし果たしてその真意はどうだろうか。

「確かに、私の結婚となると、アリスを逃したら次はないかもしれませんね」

「だろうね。アリス嬢はモーガン氏に好きだと言われていたけれどいいのかな？」

にこりと口元に笑みを浮かべながらそう言う天宮に、ほんの少しだけムッとする。

今まさに、クリフが好きと言った言葉の意味を考えていたからだ。

「そういう好きではなさそうな気がしましたが」

口ではそう言いながらも、気になっている自分が腹立たしい。

こんなことは今までなかったことだ。

アリスとクリフが旧知の仲だということは知っている。よくランチをしていたと聞いているし、各所のパーティーなどで会っていたらしい。

彼らはお嬢様と御曹司なのでそれは自然な成り行きだろう。

「僕にはそういう好きに見えたけどなぁ。君はあきらめるのが上手だから、どうせアリス嬢に釣り合う男が現れたら仕方がないとでも思っていたんだろう？」

からかうような口調の天宮の手が止まっていた。

「そんなことを言うよりも、手を動かしてください」

零士を見てフッと笑ってから、天宮は手を再度動かし始める。

天宮の言葉は的を射ていて、ぐうの音も出なかった。だから結局は仕事の話を振り、答えを避ける。

しかし、天宮が仕事をしてくれないと今日一日のスケジュールに支障が出るのは事実だ。だいたい、と言い返したいところをのみ込むと、添島、と名を呼ばれた。

「知っているかもしれないが、モーガン氏はアリス嬢に好意を持っていたのは間違いないよ。確かに彼はモテるが、付き合って欲しいと事あるごとに言っていたらしいからね。どう思う？」

「どう思うも何も、アリスは私の恋人で、モーガン氏は友達以上ではない、ということくらいです」

「もしも横恋慕してきたらどうする？　彼がわざわざ僕との打ち合わせの前に、アリス嬢を呼んだのはなぜだと思う？」

モヤモヤとする気持ちが、さらに湧き上がるような気がした。天宮は、零士に嫉妬させるために煽っているのだろうかと思う。

「あなた、私にみっともなく嫉妬しろと言いたいのですか？」

「嫉妬してくれた方がアリス嬢は嬉しいだろう。何事もなかったように涼しい顔をするのが君だとわかっていても、あからさまに態度に見せた方が、彼女は喜ぶんじゃないだろうか？」

零士はため息をつき天宮を見る。

「バカバカしいです。もともと、アリスの婚約者という立場に胡坐をかくつもりはありません。彼女がモーガン氏を選ぶのなら、それは仕方がありません」

天宮は持っていたペンを止め、全く、と言いながら零士を見る。

「あのなぁ、添島……アリス嬢は君が好きで君の婚約者なんだ。早く結婚したいに決まっている。かなり年下なのはわかるが、彼女はそうそう心変わりするような女性ではないぞ?」

「わかってますよ。素直で可愛い女性です」

「だったら彼女の前じゃなくたって、そんなことを言うな。彼女の思いがもったいない。君はもう少し、人との付き合いに貪欲になるべきだ。ことさら、愛する女性にはね。本当に離れて行ってしまったら、空虚な思いが残るだけだ」

天宮の言うことは正論だった。

まさにその通りだし、もしここまで心を傾けているアリスと別れてしまったら、自分はもう二度と女性を愛することはないだろう。

わかっているけれど、アリスの若さと美しさをずっと独り占めできるとは思えないのだ。

零士は人との距離を測るし、アリスとだってあまり距離が近いことに慣れなくて正直、どうしたらいいかわからない時がある。

けれど最近は彼女がいる日常が当たり前になればいいと思っているのだ。

その一方で、もしもアリスがクリフに心を傾けてしまったら、それまでだと考える気持ちが強い。それだけ零士は、人とは違った形で彼女のことを大事に思い、幸せになって欲しいと思っている。

たぶん、アリスが今のこの零士の気持ちを聞いたら、全然大事にしていないと憤慨するだろうが。

「わかってます。私なりに、大事にしますよアリスのことは。婚約して、妻にと望んだ人なんですから」

「だとしたら、早くそうした方がいい。アリス嬢を見ていると、君とちゃんとした形で一緒に住みたいと思っているような気がしてならない。いっそ、既成事実でも作ったらどうだ?」

またからかい半分の言葉を、と零士は呆れたように首を振った。

「またそういう戯言を……」

「彼女を取られてから後悔しても遅いぞ、添島」

「後悔はするでしょうけど、アリスの気持ちは大事です。それに、彼女はあなたの言う通り、私から離れないと思っています」

零士の言葉に、ふう、とあからさまなため息をつくと、また天宮はペンを走らせ始めた。

「ならいい。二人のことに口を出すのは野暮だからな。君なりに、心から思って大事にするんだぞ」

「はい」

短く返事をした零士に、また天宮はため息だ。

普通の人よりも少し感情が抜けている部分があることはわかっているから、彼もこれ以上何も言わないのだろう。

天宮との長い付き合いに感謝しながら、アリスとのこれからを思う。

彼女が望むならいつでも手を放してやろうと思っているが、それでも好きな気持ちは零士の中にある。

だから今日もし時間があったら話をしてみようかと考える。

時には素直な気持ちを口にしなければ、と思いながら。

☆　☆　☆

結局、その日のスケジュールは予定よりずっと乱れてしまった。

プライベートな話をしながら書類にサイン、作成をしてしまったため、時間がオーバーしてしまった。そのため他の予定がタイトになった。

自分のプライベートのことを心配した天宮の思いはわかっているので、リスケすることを天宮に伝え、時間がないことを念押しした。

以後は特に私事を話さず、黙々と仕事を片づけた。

それもこれも、と内心イライラ感を隠せない。なぜクリフが来て、あのように感情を揺さぶるような、掻き回すようなことを言ったのか。

今までアリスとの関係に悩むことはあっても、彼女に別の誰かという存在が、恋愛を匂わせて現れたことがなかったからだろうか。

いつでも手を放せるようにと彼女のためを思って、気持ちに余裕を持つようにしていたつもりだが、自分の中でアリスの存在が大きくなっているのはわかっていた。

だからこそクリフという男が気になり、イライラする気持ちが湧き上がるのだと思う。

本当に、アリスに他に好きな人ができたとして手を放せるのか、ほんの少しの不安感が心に棲みつき、離れなくなってきている。

いつかこの不安な気持ちが大きくなり、自分がどうにかなってしまわないか、ということを恐れていた。

これではまるで、この年になって恋愛初心者ではないか。

この棲みついた感情をどうすればいいのか。いつものようにサラッと、もう会わない、さようなら、と言えるのか、経験したことのない葛藤が生まれてくる。

「添島、この壁紙どう思う?」

声をかけられ、自分が全く話を聞いていなかったことに驚く。

今は仕事中、というのに。

「すみません、話を聞いていませんでした」

天宮はこれからのカニンガムホテル東京のために女性をターゲットにした内装をと考え、早紀・アルホフにデザインを頼んでいた。

世界中の女性から支持を集めるデザイナーの彼女は、天宮とはもともと知り合いだった。彼の祖父と仕事をしたことがあるからだと聞いている。

親しい間柄でもあるので、天宮は自身が住んでいるプレジデンシャルスイートに彼女を招き、雑談を交えながら仕事の話をしていた。

もちろんアフタヌーンティーセットを摘みながらよね、と言った早紀の言葉通り、素晴らしく豪華なティーセットがテーブルの上にある。

「あらあら、あの美人で可愛い婚約者のことでも考えていたの？」

茶化すように言いながら、早紀はサンドイッチを頬張った。彼女は多忙のためか、お昼抜きだったらしく、お菓子とサンドイッチを交互に摘んでいる。

「違います」

「そうなの？　それは失礼したわ。でも、本当に美人よね。西洋と東洋の比率がうまい具合に混じり合ったような、綺麗な目のラインや頬のライン、そのスタイルも素敵だった」

ふふ、と微笑んだ早紀に天宮がそうだろう、と言う。

「アリス嬢は美しいが、カニンガム家の生まれなのに浮ついた話は一切なく、今までほとんど交際報道もないほどのクリーンなお嬢様。なかなかの才女だし、そんな彼女に見初められた添島は幸せ者だ」

天宮の言葉は揶揄が交じっているようだった。軽く眉を顰めた零士に、微笑む。

「なのに、添島は彼女に素っ気ないところがあるんですよ、早紀さん」

「……まぁ、だから彼女、なんだかちょっと悩ましげだったのね」

二人で顔を見合わせるようにして、わざとらしく零士に聞かせている。言い合ったあと、天宮と早紀はこちらを見て、何か言いたげだ。

「別に、酷く素っ気ないわけではありません。大事にしています」

「どうだかな？　アリス嬢を好きだという男が現れたのに、相変わらず表情が変わらない。早く結婚するべきだよ、添島」

間髪を容れずに、朝のやり取りのようなことを言われ、零士はため息をついた。

「え!?　婚約しているのに、まだ結婚の予定も立てていないの？」

あらまぁ、と早紀に言われて、零士は眉根を寄せた。

「そんな顔をしたらダメよ添島君。婚約してるからって安心したらいけないわ。あんなに美しい子だから、すぐに他の男に取られてしまうわよ」

早紀も天宮と同じだ。揶揄するように言いながらも、その言葉はいつも的を射ている。

そんなことは零士が一番わかっていた。

突っ込まれて何も言えなくなり、ぐうの音も出ない。無視するに限る。

「図星を突かれてるな、添島」

天宮が可笑しそうに笑った。しかし、そんなやり取りをしている暇など、本当はないのだ。気を取り直し、零士は二人に注意を促した。

「そんなことを話していると仕事が進まないのでは？　ティーセットのお代わりを頼んできましょうか？　二人ともすごい勢いで食べているから、もうほとんどありませんね」

零士も負けずに言い返した。早紀もそうだが天宮もお昼抜きだったので、アフタヌーンティーのセットよりも、普通にルームサービスを頼むべきだったのでは、と思う。

だが、早紀がお菓子も食べたいからと言ったからしょうがないことだ。

「そうね。お願いしたいわ」

「わかりました。二人は話を進めていてください。ついでに私は、人事部に午後からの面接を一人にして欲しいと言っておきます」

天宮は思い出したように、あ、という口をする。

気づくともうすでに予定の時間を過ぎていた。食べながら話をしていることもあり、ちょっとした余計な話までしてしまったからだろう。

「すまない、添島」

「いいえ。大事なことですから。面接予定は、明日に切り替えてもらいます。では、ティーセットはオーダーしておきますから、ゆっくり話してください。私は別の仕事が入っているので離席します」

目で天宮がすまない、と重ねて言っていたのでほんの少し微笑んで背を向け、プレジデンシャルスイートを出て行く。

電話をかけて天宮の用事をすませ、クラブフロアのエレベーターホールを通りかかった時、見知った人物が現れた。

「ああ、こんにちは、ミスター添島」

英語で話しかけ、にこりと笑った華やかでハンサムな彼は、クリフ・モーガンだった。彼はエレベーターを降りると、ホールを見回し、零士を見る。

「良ければ、プレジデンシャルスイートを見てみたいんだが……天宮社長はどうしている?」

こんなにも堂々と、同じ業界の者、しかも老舗ホテルの御曹司が偵察をするなんて大胆だ。これも彼の性格なのかもしれないが、宿泊客として来るならまだしも許可なく見せるのは危険だと思う。

何より今は近くで早紀が仕事の話をしているため、うっかり鉢合わせして彼女が関わっているという情報が漏洩するのは避けたかった。

「申し訳ありませんが、プレジデンシャルスイートはお見せできません。できるのであれば、天宮が案内したでしょう。トレジャーグランドホテルはカニンガムホテルを偵察しなくても素晴らしいホテルです。ランキングでも負けているくらいですから」

そのうちカニンガムホテル東京がそのランキングを追い抜く、ということは目に見えていた。天宮は立て直しだけでなく、ホテルの質そのものを改善するために派遣された。現に以前のホテル、カニンガムホテルロンドンはいろいろな面で改善され、ホテルランキングの三位以内に入る、素晴らしいホテルになった。

「そんなことを言って、ミスター天宮が社長となってどんな手腕を見せてくれるのか楽しみにしているよ。ロンドンをあっという間にV字回復させたのは、ホテル業界でも有名な話だからね。虎視眈々、というのはこのことだ」

「恐れ入ります。それだけご存じならもう十分では？」

クリフは笑みを浮かべていたが、その表情をスッと引かせた。

わかりやすさは玉に瑕《きず》なのでは、と思ったが口には出さなかった。アリスと同様、素直な人物なのかもしれない。

「カニンガムホテルスイートは、プレジデンシャルスイートに準ずる素晴らしい部屋です。天宮はモーガン様に配慮し、部屋を手配しました。どうかこれ以上はご勘弁ください」

頭を下げたのは、自分がどこかクリフ相手に挑戦的な言葉を投げかけていると思ったから。少し言いすぎた気がして、一介の秘書が、という気持ちになる。

「君の言う通りだ。本当はプレジデンシャルスイートのことはどうでもいいんだ。まぁ、本来の目的は、アリスに会うためだった、ということなんだけどね？　ミスター添島」

笑顔を取り戻したクリフが、零士の言葉同様に挑戦的な目を向けてくる。

「君は、どうやってアリスを射止めたのかな？　確かに言葉遊びのように付き合って欲しいと彼女に言っていたが、心の底では本気だった。いずれ、正式に結婚前提で交際を申し込もうと思っていたんだ」

その瞬間、零士は表情を変えずに息をのみ込んだ。自然と拳に力が入る。さすが御曹司というべきか、堂々と自信のあるはっきりした言い方だった。

どうしても答えなければならないだろうかと思いながら、一度大きく息を吐く。

「プライベートな話は、また今度にいたしませんか？　私はまだ仕事中ですし、天宮は接客中で……」

零士が皆まで言う前に、クリフは口を開く。

「そんな、のらりくらりと躱されるのは我慢がならないな。君は昨日から言葉を濁してばかりだ。あんな片言ですませるなんて、信じられない。アリスはとても可愛くて、性格も良く優しい子だ。そんな子があんなに君のことを語っていたというのに、君は……アリスのフィアンセなのに、もっと愛のある言葉をかけたらどうなんだ！」

何とも熱のある、情熱的な言葉だった。

本当にアリスのことを好きなのだとよくわかった気がした。相当、零士のアリスへの態度が気に入らなかったらしい。

「そんなに好きだったのなら、遊び半分のような言葉をかけなければよかったのに」

「は？」

眉を寄せ、不機嫌そうな彼は零士に怒りの感情を浮かべているようだった。きっと彼は良い人なのだろう。アリスと親しい上に、恋愛感情を抱いていたのなら、零士に何か言いたくなるのはわかる。

彼の言う通り、彼女には素っ気ない返事をしていたし、あまり人前でアリスへの思いを吐露するのは避けたいと思っていたのは事実だ。

「私はアリスからあなたの話は伺っていました。ずいぶん親しいと思いましたし、だから聞きましたよ、以前に。友達以上の気持ちがあったのでは、と」

眼鏡を指で押し上げ、クリフを見ながら言うと、クリフもまた零士を真っ直ぐに見ていた。この真っ直ぐな目は苦手だ。零士は腕時計に触れ、気持ちを落ち着かせる。

「それで、アリスはどう答えた？」

「……アリスは、友達だと答えました。冗談で付き合って欲しいと何度も言われたが、彼にはその気がなく自分にも友達以上の思いはなかったと。彼女は鈍感なところがあるので、はっきりと真剣に気持ちを伝えないと、本気だと思ってもらえませんから」

「そんなことはわかってる」

は、と吐き捨てるように言い、クリフは零士から視線を逸らせた。

「素っ気ない返事をしていたのは、あまり人前で感情を露わにするのが苦手だからです。彼女と育ったグラウンドも、性格も違いますから。気に障ったのでしたら申し訳ありませんでした」

小さく頭を下げると、クリフは髪を掻き上げ、苛立ちを隠せないような素振りを見せた。

「だいたい、君のどこが良かったんだ！　そんなにも冷ややかで、こっちは心を見せてきちんと話をしているのに、イライラするよ」

「わかります。だから余計に、私は人と距離を取るようにしています。気持ちに感情を乗せるのは嫌いですし、アリスにもそこは理解してもらっています」

小さなころから落ち着きすぎていると言われていた零士は、あまり感情的な話し方をする人達が苦手だ。大人になってもそれは変わらず、傍から見たら付き合い辛い人間だろう。

「お互いに、一目惚れのような出会いでしたから、彼女が本当のところ私のどこが好きなのか、なぜあんなにも粘り強く好きだと言ってきたのか、今でも深くは理解できません。でも、すべてが好きだと言っているので、彼女がそう言うのならそうなのでしょう」

「彼女が君を好きなのが理解できない。僕はあきらめないからな！」

零士はクリフの言葉を聞き、目を瞬かせる。

「今日中にチェックアウトをするが、しばらく日本にいるつもりだ。君がそんな調子なら、僕はもう遠慮しない。彼女が僕の誘いに応じる時は邪魔するなよ」

エレベーターは止まったままだったらしく、クリフがボタンを押すとすぐに開いた。彼はこちらを睨みながら、扉を閉めた。

零士は大きく息を吐いた。そうして従業員用のエレベーターへ向かう。

他の階へ移動しながら、どこか心が騒いで仕方がなかった。

「アリス……」

彼女はクリフの誘いに応じるだろうか。許可を出したのは自分だから、彼女の自由だ。今の今まで、彼女にもしも他に好きな男ができたら手を放すと、そう心に決めていたのに。

『零士、大好き』

いつも言われていたあの言葉が聞けなくなる時がもうそこまで来ているのかと思うと、言いようのない苛立ちが胸のうちから湧き上がる。

エレベーターの扉が開いた時、安いドラマでもないなと思うほど偶然に、アリスがいた。

「零士！」

明らかに嬉しそうに満面の笑みを向ける、美しいヘーゼルの瞳。

「お疲れ様です、アリス」

「あ、お疲れ様です、添島さん……あの、どこに行くの？」

エレベーターを降りると彼女は零士を見上げて問いかけてくる。

「あなたこそ、エレベーターを使わないのですか？」

「あ……えっとね……なんとなく零士が来そうな気がビビッとして、ちょっと通ってみたら本当に来たの。私って超能力でもあるのかな」

なんだそれは、と眉を寄せる。扉が閉まるのを見たアリスは、再度零士に目を向ける。

「零士はこのフロアに用事？」

「私は人事部に」

「そう……ね、零士、私ね！」

あまりにもはにかむように、少女のような笑みを向けるアリスが可愛かった。

もしもここがプライベートな空間なら、今すぐ抱き締めキスをするのに、と思いながら彼女の頭を撫でる。

衝動を抑え彼女を見つめた。

「なんですか？」

「こうやって、オフィスで偶然に出会うっていうシチュエーションを待ってたの。まるで、素敵な恋愛映画のように、いつかこっそりキスでもできたらなぁ、って」

たまたま人がいないから頭を撫でた。その手を離し、柔らかい頬を撫で、そこを少し引っ張る。

「テレビの見すぎですよ、アリス」

「いいでしょう、別に。憧れよ！」

頬を膨らませるアリスに苦笑し、彼女の手を取る。

「いいですよ。じゃあテレビを見すぎているアリスの望み通りにいたしましょう」

零士は口元に笑みを浮かべ、あたりを見回す。誰もいないことを確認してから手を壁に突いて、アリスの背を壁に押しつける。

「あ、零士……っん」

彼女の顎を上に向かせて柔らかい唇に自分の唇を重ねた。啄むとすぐに開いた隙間から舌を差し入れ、彼女の舌を搦め捕る。柔らかく濡れた口腔に、零士は心地よさを感じた。

先ほどクリフから言われた言葉が脳裏を過る。それを振り払うかのようにねっとりと彼女の唇を味わった。今、腕の中にいるのはまぎれもなく自分の女だと、湧き上がる荒々しい衝動に堪える。

濡れた音が耳に響き、指先で首筋から彼女の耳の後ろを撫でると、アリスは零士の腕をキュッと握った。

耳が弱いアリスはすでに足の力が抜けて、立っているのがやっとだった。

最後に唇を吸ってゆっくりと離すと、彼女は顔を真っ赤にし、は、と小さく息を吐いた。

「真っ赤だ」

アリスが潤んだ瞳で睨むように見上げる。

「こんなシチュエーション憧れてたけど、でも、ちょっと、やりすぎ……私……立てなくなりそうだった」

もう、と言って軽く零士の胸を叩く白い手。この手はまだ零士と繋がっている。

眼鏡を指で押し上げ、彼女から手を離し、軽く襟元を正す。

「少しは憧れに近づきましたか？　じゃあ、私は仕事があるので」

アリスにそれ以上何も言わずに背を向け、人事部のあるオフィスへと向かう。

その間に、決心が揺らぐのを感じる。アリスにはアリスの人生がある。いつだってアリスの幸せを願っている。

クリフが彼女を誘って、ランチやディナーへ行くのなら。

とりあえずとめないでおこうと心の奥で呟いた。

12

――初めて零士と仕事中に出会ったのはエレベーターの前。アリスはそれが嬉しくてたまらなかった。

なぜなら、せっかく一緒の職場ならば一日一回は顔を見たいと思っていたから。一緒に住むために日本勤務を希望したけれど、家だけではなく仕事場でも一度は顔を合わせてみたいと思うようになってしまった。

だが、しかし、不謹慎で常識に欠けるのではないかとも思った。

ただでさえ日本勤務という希望が通ったのに、会社で顔を合わせて微笑み合うというのは、どこか欲張りで社会人としても非常識かもしれない。

ただ、なぜ職場でも会いたいと思うかというと、日本勤務になってからもすれ違いが多いためだ。同棲すれば夜を一緒に過ごし、顔を見ておやすみなさいと言えると思っていた。

なのに実際は零士は忙しく、アリスも時々仕事を持ち帰っていたりして、一緒に眠るだけという日もある。もちろん毎日彼とエッチなことをしたいというわけではない。

おまけに、なぜだか知らないがクリフが訪ねて来た。トレジャーグランドホテルの御曹司で多忙な彼は、もうそろそろ家を継ぐはず。

以前も好きだとか付き合ってと言われていたが、来日した時も同じようなことを言われた。いつもと違うと感じたのは彼の抱き締める温度だ。

ただのハグではなく、ちょっと違うような感覚。

好きなんだと言われるのはいつものことだと思っていたけれど、なんだか今回は違う気がする。もしかして本気なのか、と思ってしまうのは零士がアリスを抱き締めるそれと、感覚が似ているから。

オフィスで仕事中そんなことを思ってちょっとだけボーッとしてしまった。いけない、と頭を切り替えて仕事をしていると、無性に零士に会いたくなった。

だからアリスはトイレに行ったあと、ちょっとだけエレベーターの周りを歩いて立ち止まっていた。

そうしたら零士に出会い、嬉しいことに誰もいない廊下でとても濃厚なキスをしてくれた。オフィスでそういうことをするのに不謹慎ながらちょっと憧れていた。

それだけで舞い上がってしまうアリスは現金だと思う。彼は、会社でキスなんてしなさそうなのに、してくれたことが、胸をいっぱいにさせる。

「零士のハグと、クリフのハグは、違う」

クリフの言葉や態度に思うところがあったけれど、好きな人とのそれはトキメキが違う。受け取る心も全く違った。

やっぱりアリスは零士だけ。

彼が去って行った方向をじっと見て、自分も仕事だとまた頭を切り替えて。

もっと零士にアリスの方を向いてもらって、もっと好きになってもらいたい。

『好きですよ、アリス』

何度言われても、もう少し、もう一歩踏み込んで欲しくてたまらない。

いつか彼との間に家族を持つことができたら、こんな気持ちもなくなるのだろうか。

アリスはそう思いながら、オフィスに戻り溜まった仕事を片づけるのだった。

☆　☆　☆

その日、仕事が終わったアリスは、零士にメールした。何時に帰って来るか聞きたかったのだ。

けれど、今日は少し遅くなると返事が来てがっかりしてしまった。彼の「少し遅い」は夜の九時くらいになりそうだからだ。

「残念……」

アリスはスマートフォンをバッグに入れた。アリス自身は仕事がスムーズに片づいたので午後七時を少し過ぎたころに退社できるようになった。

先輩の永田はもう少し仕事をしていくと言うので、アリスは帰っていいか戸惑ったが、帰りなさいと言われた。

「いいんですか？」

「もちろん。私、実はこのあと同期と飲みに行くの。週末だし、ちょっと羽目を外そうと思って。だからアリスさん気にせず帰っていいわ。恋人もいることだし」

その恋人は帰りが遅くなるんだよね、と心の中で言いながら笑みを浮かべる。

「じゃあ、本当に、帰りますね」

「うん、じゃあまた月曜日にね―」

ひらひらと手を振った永田に頭を下げてオフィスを出る。あらためてもう一度スマートフォンを取り出すと、メールでメッセージが届く音。

「クリフ？」

メッセージを開くと、飲みに行かないかという誘いだった。彼は今日はトレジャーグランドホテルに泊まるらしい。

アリスの頭に零士との会話が過る。

――日本にいる間に一度二人だけで食事でもどうかな？

——アリスの時間が合いましたら、許可しますよ。

あの時、迷ったアリスに零士は平然とした顔で何も問題がないという風に言っていた。アリスには零士だけだったし、素っ気ないその反応は少し残念ではあるがこんな態度はいつものことだ。

『カニンガムホテル周辺だったらいいよ。でも、十時前には帰りたい』

『わかった。今、近くにいるから、行くよ』

零士にもメールで連絡を入れた。クリフからその辺で飲もうと言われたから、食事をして帰るという旨を送信した。

そうしたところでクリフがラフな格好でやって来るのが見えた。彼はもともと身長が高くてカッコイイので、何を着ていても目立つ。道行く人達が振り返り、チラッと彼を見て囁き合っている女性達もいた。さすがどこでもモテるなぁ、とアリスは軽く手を振った。

気づいたクリフも手を振り、小走りで近づいてくる。

「やぁ、待たせた？」

「全然！　クリフ、相変わらず目立つわね」

「ありがとう。君も美人だ、アリス」

そう言って肩のあたりに手を添えてくるのは彼らしい。でも、その手にこの前感じた熱のようなものを感じ、アリスは彼を見上げる。

「婚約者がいる女性の肩に手を回すのはＮＧよ、クリフ」

「……そうだな、ごめん」

スッと手を離してくれるのは紳士的なクリフらしい。

「どこに行く？　このあたりは軽く飲めるような店も多いし、バーもあるんだけど」

「いいね。僕は日本のイザカヤ好きなんだよ」

じゃあ行こうという時に、アリスのスマートフォンに着信があった。でもすぐに切れてしまい、画面を見ると零士からだった。すぐにかけ直そうとすると、続いてメールの着信音が鳴る。

『あまり遅くならないように』

相変わらず端的で素っ気ない返事。

そこで下唇を少しだけ噛んだのは、クリフと食事に行くというのに零士が何も言わないから。クリフは友人だと言ってあるし、零士は何も心配などしていないのだろう。

でも、もう少しこう、クリフと飲みに行くのはなんでなのか、など突っ込んで欲しい気持ちがある。

許可を出したとはいえ、婚約者であるアリスがほかの男性と一緒なのに、零士は何も感じないのだろうか。

「どうした？　アリス」

「ううん、何でもない。零士に連絡を入れていたの。あまり遅くならないように、だって」

「……それだけ？」

クリフがどこか意外そうに、それでいて可笑しそうに笑う。

「うん、それだけ」

「君のフィアンセは、よっぽど余裕があるんだな」

吐き捨てるような口ぶりのその言葉に、首を傾げる。怒ったような表情になったクリフの腕を取った。

「どうしたの？　クリフ。機嫌悪い？　零士となんかあった？」

「まさか！　何もないよ、アリス。彼は本当に有能な秘書だと、そう思う。けど、自分以外の男と出かけるというのに、それを容認して遅くならないように、くらいしか言わないことにびっくりするよ。君のことを大事に思っていないのかな？」

クリフはそう言ってアリスをじっと見た。

今それを言わないで欲しいと思う。

アリスだって零士に何か言って欲しかったし、簡単に容認して欲しくなかった。大事に思っていないのかな、というクリフの言葉に、なぜだか酷く心を突き刺された気分だった。

「そんなことない。零士は、私とクリフを友人だとわかっているから、許可してくれたの。

零士は、とても優しくて、私のことを愛しているの」

微笑みながら自信たっぷりに答えて見せた。

クリフはそう言って自分を見上げるアリスに、笑みを浮かべ、そうか、という言葉を発した。

「君は、何も思わないってこと？　本当に？　人の心は移ろうものだよ」

本心は、クリフとまるでカップルみたいに二人で食事をすることを簡単に許可しないで欲しかった。そうすれば零士は私のことそんなに思ってくれているんだ、というキュンとした気持ちになったに違いない。でも実際はそんなことはなく、クリフに心配されると余計に寂しい気分だった。だからそれを振り払うようにアリスは言う。

「そんなことより、そこの居酒屋さんに入らない？　結構美味しいって先輩達が言ってたの」

仕事帰りにいつか零士と行けたらと、先輩達にリサーチをしていた居酒屋。リーズナブルで美味しいと評判だった。

何度か前を通って、行ってみたいと思っていた場所。零士が初めてではないのは少し残念だが、一回行ってみてどんな感じなのか知るのもいいだろう。次に零士と来た時にまた違った楽しみができるだろうと思った。

居酒屋に入ると、ちょうどよく二人席が空いていた。あまり広くない店内で、二人席はテーブルも小さく距離が近い。

席に着くとすぐに飲み物のオーダーを聞かれた。それをクリフに伝えると彼は一も二もなくすぐに答えた。

「アリス、何を飲む？　僕はビールにしようかな」

「じゃあ私もそうする」

飲み物を頼むと、すぐにビールが二つ運ばれてくる。

「この時間に来店したカップルの方は最初の一杯が無料になっています」

そうつけ加えられて、アリスは即座に首と手を振った。

「いえ！　私達は……」

アリスが店員の言葉を英語でクリフに伝えて断ろうとすると、クリフがにっこりと微笑んでありがとう、とスタッフに言った。

「これから口説くところなんだ」

店員は英語なのでよくわからないというような顔をし、食べ物の注文を取ったあと、すぐにカウンター内へ行ってしまう。

「もう、クリフ、冗談言わないで」

店員が立ち去ってから、アリスはほんの少し笑って、たしなめるようにクリフに言った。

しかし次に、真剣な顔で見つめ返される。

「アリス、さっきも言った通り、人の心は移ろうものだ。君は美人で可愛い。性格も素直で、頑張り屋さんで、努力家、思慮深くもある。こんなに魅力的な君だからこそ繋ぎとめていたいと思うのが、君を好きな男だと思うんだ」

クリフの言葉が胸に刺さる。確かに零士はアリスに対してガツガツしていない。それができない、しないのが零士という人だ。

だったら彼を愛しているアリスはそれを受け入れるしかない。

だけど、クリフのように優しくおおらかな男にそんなことを言われると、本当はこうして欲しいという気持ちが湧き上がってしまう。

「アリス、君のフィアンセは君の気持ちが移ろうかもしれない、他に好きな人ができるかもしれない、と思わないのか？　素っ気ない言葉一つで、僕と食事をすることを何とも思わない人でいいのか？」

アリスは視線を逸らしてうつむいた。

クリフの言うことはよくわかる。アリスも、零士にもっと熱く好きになって欲しいし、もっと繋ぎとめて欲しい。

けれど一番わかるのは、アリスの気持ちが移ろうことが絶対にないということだ。

零士が好きだ、愛している。

出会った時から心が高鳴るのは零士だけ。

あまりにも素っ気ない態度での出会いだったから、本当に悲しくて自分に魅力がないのかと自信がなくなった時さえあったけど、零士はアリスと婚約した。

『好きですよ、アリス』

こんな時に彼の言葉を思い出すだけで、アリスは零士のことを好きで、大好きでたまらない気持ちになる。

「私は、零士が好きで、愛してるの。だからクリフ、もうそれ以上言わないで」

気を取り直し、食べ物のメニューを開くと、アリスは手を取られる。

「僕は、君が好きなんだ。君が日本人と付き合いだしたと聞いた時とても悔しかった。僕は恋に破れてしまったし、邪魔をしたくないから距離を置いた。婚約した時は正直落ち込んだよ。君にどうしてもっと本気で好きだと言わなかったんだろう、とね」

クリフはそこまで言って、アリスの手を力をこめて握った。

「君のフィアンセがそういう態度だったら、僕は気持ちを抑えたりしない」

クリフの真剣な表情にアリスはどうしていいのかわからなくなった。彼の抱き締める熱さは、やっぱり勘違いではなかった。今、取られている手も彼の思いが伝わるほど熱い。

「君が好きだ、ずっと愛してる。君が僕を少しでも好きでいてくれるなら、どうかこの気持ちを考えてくれ。僕は、彼のように冷たい態度は絶対に取らない！」

かつて、まるで遊びのように付き合ってくれと言っていたクリフ。

冗談として真剣に取り合っていなかったけれど、もしあの時、僕は本気だと言われていたら、アリスの人生は変わっていたかもしれない。

でもアリスは零士と出会ってしまった。零士に恋をしてしまった。今さら過去に戻ることはできない。もともとアリスとクリフは交わらない人生だったのだ。

「零士は、私の初めての人なの……」

アリスはやんわりとクリフの手を離し、微笑んだ。

「ごめんなさい。クリフ。あなたの気持ちを本気ととらえず傷つけていたと思う。でも私は零士に出会って、恋をした。この気持ちはずっと一生変わらないの」

中途半端な言葉で余計にクリフを傷つけるわけにはいかない。はっきり告げるのが優しさだと思う。

「だから、そんなこと言わないで、クリフ。私はあなたと良い友達でいたいの」

アリスの心は揺るぎなかった。

零士が好きだという気持ちは、ずっとそのまま。あの出会った瞬間、そして目が合った時間は今でも宝物。

今までにない胸の高鳴りも、込み上げる胸の熱さも、零士に初めて教えてもらった。それを知ってしまった今は、どんな出会いも色褪《あ》せてしまう。

「私は、零士だけが好きなの。ごめんなさい」

クリフに微笑み、彼を見る。

彼はアリスを一度見たあと静かに目を閉じ、大きく息を吐いた。

それを見て、アリスは申し訳ない気持ちになる。クリフは魅力的で、とても良い人だから
アリスよりももっと素敵な女性と出会うことができるだろう。

「アリス、困らせて悪かった」

クリフは肩を小さく竦めてから眉尻を下げて笑った。やはり大人で良い人だ。

「大好きよ、クリフ。これからもずっと友達でいてくれる？」

アリスの問いに、彼は笑った。

「もちろんだ。僕と君は、ずっと、友達だ」

「ありがとう、クリフ」

彼は小さく頷き、気を取り直したように泡が少なくなったビールに目をやった。

そうして遅い乾杯を二人でして、ビールに口をつける。いつもは仕事終わりでシュワッとしたビールが美味しいと思うのに。

苦いビールを飲みながら、今日のことをどう零士に話そうかと思った。

13

クリフと少し重い気分で食事をした。結局二人ともほとんど食べず、ビールも一杯だけしか飲まなかった。クリフと別れた時、腕時計を見ると午後八時半を回ったところだった。早めに切り上げたのはお互いに今はそんな気分ではなく、盛り上がれなかったからだ。アリスがクリフを振ったということになる。彼は女性に振られたことなんてなさそうだから、なんだかすごく悪いことをした気分だ。

アリスだって男を振るなんてことをしたのは初めてだ。スキャンダルは嫌だし、変に写真に撮られたくないし、生まれこそ派手かもしれないが、できるだけ地味に生きてきたつもりだ。

自分にとって恋愛は避けて通るべきものだった。男女交際もほぼしたことがなかった。というか、異性と付き合ったのは十代のころ一度だけ。

だから、零士との経験がすべて初めてで、彼しか知らなくて、彼しか目に入らなかった。

「私って……全部零士が基準なんだ……」

付き合い辛いところが多くあるかもしれない。まだ彼はアリスに遠慮しているところがあるだろう。

それでもアリスは、彼が好き。

「なのに零士ってば、なんでもっと近くに来ないの？」

いつも思うこと。彼のことはわかっているのに、いつも傍に来て欲しいと思う。もっとこっちに来て、お互いの吐息を感じるくらい、心も身体も近くに欲しい。こんなことを思うのは、零士にとっては迷惑かもしれないけど。

その時スマートフォンの着信が鳴り、見ると零士だった。

零士のことを考えていたので、なんだか以心伝心という感じで嬉しくなり、笑顔で電話に出る。

「もしもし、零士？　どうしたの？」

『……やけに声が弾んでいる……どうしました？』

「零士からの電話だもん、嬉しいに決まってる」

ちょっとだけ飲んだお酒が少し利いているらしく、声が自分でもわかるほど明るかった。

『楽しかったんですか？　モーガン氏との食事会は』

そうではない。むしろ、すごく動揺したし、いろんなことを考えてしまった。

「そんなことない。零士とご飯食べた方がよっぽど有意義。っていうか、ちょっと食べ足りないくらい。零士はもう家に帰ったの？　お腹空いてるのならお酒と食べ物買って帰る！　明日は零士も休みでしょ？　ゆっくり二人で過ごしたいな！」

言いたいことをガーッと話してしまったのは、クリフとの会話のせいかもしれない。もやもやした気持ちを振り切って、早く零士に会って、彼の顔を見たかった。今はただ一人の女として、零士という男が欲しいと思う。

「零士は、明日、仕事ないでしょう？　お休みよね？」

確かめるように聞くと、彼はほんの少しだけ沈黙した。その時間がやけに長く感じる。

『まだ職場にいるんです。天宮とさっき別れたところですが、軽食でいいのなら、ホテルのバーで飲みますか？　ここのバーは、夜景が綺麗だと評判です。こちらに戻るのなら、より眺めの良いテラスのテーブルを取っておきますが』

零士と二人きりでそういう場所で飲む機会など、今までなかった。だからアリスは一も二もなく返事をする。

「うん！　行く！　すぐ行くから待ってて！」

彼と夜デートのようで一気に嬉しさが込み上げてくる。

胸の高鳴りを抑えながら、アリスはカニンガムホテル東京へ足を向けた。

☆　☆　☆

ホテルに着いたと零士にメールを送ると、ラウンジバーで待っていると返事が来た。

アリス自身もラウンジバーをちょっとだけ覗いたことがある。昼間もお酒を出していて、そこで気分よく軽く一杯と思って過ごすお客様も多いのだ。

特にテラス席は冬の寒い日以外は、昼も夜も人気だ。

天宮が社長に就任してからは、料金の改定により割高になったものの、サービスの向上を目指し、食事、アルコールメニューの見直しにより、以前よりも集客率が上がったと聞いている。

そんなところで零士と待ち合わせなんて、とドキドキしながらエレベーターに乗り込む。

途中、見知った社員に会い、軽く会釈をして通り過ぎた。

そしてラウンジに着くと、ガラス張りの店内が目に入った。遠くには煌めく東京の夜景が見える。日中の眺めばかりしか知らないアリスは、夜景を見て感動した。

「わ！　めっちゃ素敵！」

もちろん、日中の景色も素敵なのだが、この夜景というのはまるで宝石みたいにキラキラしていて胸が躍る。

アリスは迷わずガラス扉を押し開け、外に出る。零士はすぐに見つかった。

木製の階段を少し下りた先にある、景色が一望できる二人掛けの席だった。アリスは彼の傍へ行き、声をかける。

「零士、お待たせ」

彼はハッと気づいたように顔を上げ、ほんの少し微笑んだ。

手にしていたショートグラスの中身は、オレンジ色をしていた。なんだろうと思いながらアリスは零士の隣に座る。

彼はゆったりと長い足を組み、上着まできっちり着込んだまま寛いでいた。どうしてか眼鏡の奥から覗く瞳が、いつも以上に色っぽく感じた。

端整な顔に軽く眉根を寄せ、頬杖を突く仕草にもグッとくる。やっぱり零士素敵、と思っていると彼の方から口を開く。

「アリス、クリフとは楽しかったですか？」

それはいつも通りの落ち着いた声だった。表情もほとんど変わらない。

零士以外の男性と飲んできたのだから少しはヤキモチくらい、と思ってしまう。

電話と同じことを聞かれて、アリスはほんの少し頬を膨らませる。

「そんなことないって言ったでしょ？　零士はお腹空いてる？　私、なんかワイン飲みたいし、ソーセージ食べたいし、チーズの盛り合わせも食べたいなぁ」

アリスの言葉にフッと笑った彼は、頷いてメニューを渡す。すっと足を組み替えたその瞬間に、零士の香りが漂った気がして鼓動が跳ね上がった。

夜の薄暗いライトと相まって、零士のカッコよさも倍増している感じだ。

「ここのだいたいの食事メニューを覚えているんですか？」

「企画部だから、よく見たりするの。この前まで、季節限定のデザートも出してたけど……あまりヒットしなかったから、違う方向を考えないといけないってことで、いろいろ宣伝部と一緒に知恵を絞っているところよ」

仕事の話になってしまった、と内心焦っていると、彼は目元を緩めて微笑んだ。

「きちんと仕事をしているんですね」

「それは……だって、私はここで仕事するためにニューヨークから来たんだから」

アリスが肩を竦めちょっと硬い口調で言うと、零士がグラスの中身を飲み干した。上下に動く喉もまた、アリスを魅了させる。知らず息をのんでしまい、すごくエロい目で彼を見ていることに気づく。

どうして私はいつもこうなの、と内心ため息を吐いていると、彼がゆったりとした口調で話し出す。

「まぁ、そこも天宮の目論見なので、しょうがない。コケてしまえばいいと思ってゴーサインを出したんです。あなた達企画部があまりにも普通な、何のひねりもないことを考えるからそうなる」

にこりと笑った零士に、アリスは瞬きをした。

「え？　そうなの？　飲んでる時甘いもの欲しくなるよね、って話で、パティシエとも相談したってことだけど？　私が来るちょっと前だから、企画自体には関わってないけど、宣伝には力入れてたみたいで……すごく気落ちしてた先輩がいたんだよ？」

「確かに目のつけ所は良いですが、だいたいバーなんて一軒目で来る場所ではない。また、ホテル内でそこそこ食事をしているのなら、デザートは食べているはず。なのに、デザートのサイズや見た目などを大して気にせずに、出されても何もそそられません。食べ物は、食べたいと思わせ、感動させないと。価格設定も、売り出し方も悪かった」

なかなかの辛口で、企画部にいる身としてちょっと小さくなってしまう。

口調はゆったりと優しいのに、と思う。

「とりあえずやってみよう、してみよう、というだけではお客様には伝わりません。しっかり勝算と根拠がないと。カニンガムホテル東京が傾いたのは、とりあえず、という考えのせいですね。そういう怠慢なところを教えたくて、ゴーサインを出した天宮も天宮ですが、まぁ、おかげで尻が叩けたのでよしとしています」

まるでアリスが責められているようだ。確かに、企画部は一生懸命にいろいろ考えて、宣伝なども頑張っているけれど、今一つ。社長の天宮からの許可が全く下りないという感じだ。

「先輩達が、零士のことすごく厳しくて辛口だと言っていたけど……本当にそうなのね。

社長の方が柔らかくていい、って」

「でも仕事に気難しいのは天宮ですよ。一度は飴をやっておいて、徹底的にダメ出しをする方もなかなかだと思います」

さっきまでたくさん食べる気でいたのに、もう気持ちが失せてしまいそうだった。

アリスは零士の仕事中の顔を知らない。でも、今はちょっと垣間見れた気がする。彼もまたデキル男だとあらためて認識。結構キビシイ。

「どうしました？」

零士の綺麗な黒い目で覗き込むように言われた。またもやドキッとして、こんな夜の零士は心臓に悪い。あまりにもイイ男すぎて。

「……あ、いや、注文どうしようかなと思って」

はは、と誤魔化すと、彼はクスッと笑った。

「大丈夫。あなたの食べたいものくらい、わかります」

彼がそう言ってすぐに、チーズの盛り合わせとグラスワインが運ばれてきた。おまけにソーセージの盛り合わせもあり、一気に食べたい気持ちが湧いてくる。

「さすが零士！　ありがとう」

アリスがそう言うと、彼は小さく息を吐いた。

「あなたのことだから、これくらいはわかります」

彼はカクテルを飲み干し、スタッフの方を向いて、飲み物のお代わりを頼んでいる。アリスはそれをじっと見てから、彼の手に自分の手を重ねた。

「零士、私、これからもずっと、零士の傍にいたい」

「何事もなければそうなります」

「私、クリフとは何もないから。だからもっと傍にいて、距離を縮めてよ、零士」

零士はしばらく何も言わず、ただアリスを見た。運ばれてきたのは大きな氷が浮かんだ琥珀色の飲み物で、ウイスキーのようだった。

彼はそこでフッと笑って、ただ頷いた。

「あなたが、私だけだっていうことは、骨身に染みてわかっている。だから、そんなことを言わなくてもいい。それに、傍にいて距離を縮めるのは、最近嫌いではないんです、あなた限定でね」

彼の手に重ねた手を取られ、指先をキュッと握られる。

そうして少し考えるような仕草をした。それからアリスをじっと見つめ、口を開く。

「せっかくだから、お互い社員ですし、宿泊しましょうか。七割で泊まれるというのはこういう時、いいですね」

アリスは口をポカンと開けて彼を見る。零士が手を伸ばしてきて頬を軽く撫でた。

「喜ぶかと思ったのに」

「よ、喜んでる！　けど……ちょっとびっくり、して、いつもと違うから……零士は、私と自社のホテルに泊まるなんてしないと思ってた」

「二人でなんて確かにないと思ってたけど、しょうがありません。あなたと今日、このまま帰って家で、とも思ったけど、そうしたい気持ちになったから」

今の零士の言葉が嬉しくて、アリスは笑みを浮かべる。でもどんな風に笑っているのかわからない。気持ちが、いっぱいになりすぎて。

「自社のホテルに女と泊まるなんて、正直どう話が広まるのかと思うと気分が乗らないんです。しかもあなたはカニンガム家の一人娘。私は天宮の秘書として顔を知らない人はいないでしょう。でも、もう泊まると決めたので、予約を入れます」

そんな風にブツブツ言わなくてもいいのにと思う。だけど、零士らしくてそれも笑ってしまう。

先ほどは大して食べていなかったこともあり、アリスはソーセージとチーズを食べ始める。さすがカニンガムホテルの物は美味しくて食が進む。

「美味しそうですね」

「うん、すごく美味しい！　零士も食べて」

口を動かしながら言うと、彼はふう、と息を吐いた。頬杖を突き、困った顔をしてアリスと目を合わせた。

「あまり食べすぎたらあとが困りますよ？」

「あと？」

最後のソーセージに手を伸ばすと、彼が先にフォークを突き刺した。

「あとでセックスの時に苦しくなるかも」

彼はそう言ってソーセージに歯を突き立て、カリッと音を立てて口の中に入れる。食べ終えると舌先でゆっくり唇を舐めた。その一連の動きがすごくエロくて、アリスは目を逸らすことができなかった。

「まぁ、苦しいと言ってもやめませんけどね」

残りのソーセージもさっさと口の中に入れて飲み込む。美味しいソーセージだったが、アリスみたいにモリモリ食べるというより、零士はゆっくりと噛み締めるように食べた。

「食べすぎる私は嫌い？」

「なぜそんなことを……好きですよ。若いんだから食べても平気でしょう」

それに、と続けて彼は言う。

「きっと二人でカロリーを消耗するから、もっと平気です」

にこりと笑った彼の表情に顔を赤くする。

もう零士と一緒に夜を過ごすことしか考えられなくなってしまい、思わずちょっとだけ身を乗り出す。

「ねぇ、零士、部屋はどこ？　私どこでもいいよ。だって、零士と一緒にくっついて眠るんだから」

ふふ、と笑いながら言うと、額を軽く小突かれた。

「声を抑えてください、アリス。そんな風に、あけすけに言うものじゃない」

零士は唇に人差し指を当て、静かにという仕草をした。

「だって……」

「ここは日本です。そういう積極性は好まれませんよ」

ほんの少し眉根を寄せた零士に、たしなめられた。

先にエロいことを言ったのは零士の方だ。アリスが下唇を噛んでいると、彼の手が顎に触れ顔を上げさせられる。

「花も恥じらう乙女だったのに、いつからそうなったのか」

なにそれ？　とハナモハジラウの意味がわからず眉を寄せた。手の甲で頬を撫で、ゆったりと微笑む彼は色っぽい。

アリスはただ彼の言うことに頷き、残りのチーズをいっぱいに頬張る。

しかしすぐに、一気に食べすぎたと思った。行為の内容を妄想すると、確かにあまりお腹いっぱいだときつそう。

あれこれ妄想が先走って顔を火照らせているアリスを横目に、彼はスマートフォンを操作していた。眼鏡を軽く指で押し上げ、画面を見てから話し出す。

「いい部屋が空いていたので、予約しましたよ」

「は、はい」

これからのことを思ってだんだん緊張が増し、背筋を伸ばして答えた。

アリスの返事に、零士は目を眇めた。そうして可笑しそうに笑う。

「その顔は酒のせいですか？」

「え？」

零士はクスッと笑い、アリスの目の下を人差し指で撫でる。スッと滑った指に、ゾクッとした快感が走った。

「顔が赤い。ホテルで何をするか想像をして、そうなっているんですか？」

アリスは彼の問いに答えられず、顔を背けてワインをゴクゴク飲んだ。

零士はアリスのそういうところを見てただ笑って、可笑しく思っているのだろう。

彼は何といってもアリスよりも十三歳年上で、大人で、経験も豊富な人。

もっと近くに来てくれると言った零士の言葉を思い出しながら、アリスはワインを全部飲み干すのだった。

14

――――これから零士と、と思うとドキドキする。

『チェックインをしてくるからエレベーターの前で待っていてください』

そう言われてエレベーターの前で待っているけれど、時間が経つにつれ、だんだんと満腹感が増し、彼の言う通り大丈夫なのかと思う。

「……なんでこういう日に限って、零士はいったいどういうつもりなんだろう？　……ホテルに泊まるなんてロマンティック。……でもちょっと食べすぎたかな……」

ソーセージやチーズが美味しかったので、ちょっと調子に乗ってしまった。

「うーん……」

「どうしました？　アリス」

零士はチェックインをすませたらしく、手にはカードキーがあった。アリスは事前に下着などをホテルのコンビニで買い、零士はもともと泊まりの用意があると言った。急な出張もあるからいつもバッグの中にちょっとした宿泊セットがあるとのこと。

零士は抜かりないな、と思いながら見上げると手を差し出された。

「行きましょうか」

「うん……ねぇ、何も言われなかった？」

「何をです？」

エレベーターの扉が開き、零士はアリスの手を引き乗り込む。何をって、とアリスは肩を竦めた。

「零士が、ホテルに泊まることよ？」

アリスの言葉に彼は、ああ、とだけ答えクスッと笑う。

「何か言われて欲しかったです？」

「いや、そんなことは……」

二人で宿泊するということはホテルのフロントにもわかっていたはず。だから、零士がアリスと泊まるのかと聞かれたのではないかと思った。

「零士が突っ込まれないか、と思ってね！」

「心配はありがたいですが、そんなことはありませんでしたよ」

シレッと答える零士に、アリスはなんだかムッとしてしまう。突っ込まれたにせよ、きっと彼は顔色一つ変えないだろう。

「零士はいつも大人で平常心。私は、零士と泊まる相手が私だと突っ込まれたらどうしよう、って一人で焦ってるだけなんだから」

エレベーターの扉が開き、目的の階に着く。手を繋いだままだったアリスは彼に手を引かれるままに歩く。

宿泊する部屋に着くと、零士はカードキーをかざしドアを開けた。

「私もそう思いましたが、大丈夫でした。……アリス、明日の朝はビュッフェに行きましょう」

零士はゆっくりと手を離し、微笑んだ。

「ビュッフェ!? 嬉しい!!」

アリスが満面の笑みを浮かべると、彼は満足そうに頷いた。

「そう言うと思いました」

彼は上着を脱ぎ、ネクタイを外す。

父がネクタイを外すところなんて何度も見ていたし、別に何とも思わなかったのだが、零士がネクタイを外すのを見るとドキドキする。

好きな人のそういう仕草がくるというのは零士で初めて知った。

「零士が、ネクタイを外すところ、なんだかエッチ」

「……は？　意味がわかりませんね」

シュルッと首から引き抜き、ホテルのクローゼットのハンガーにかけるのを見て、彼に近寄り脱ぐのを手伝う。

「好きだからそう思うのかも」

そのまま彼に抱きつき、頬を寄せると彼はため息をついた。

「風呂に入ってきたらどうですか？　アリス」

「しばらくこうさせて」

「じゃあ、一緒に入ります？」

「……………えっ⁉」

アリスは瞬きして彼を見上げる。零士がそんなことを言うとは思わなかったので、びっくりした。同時に顔が熱くなる。

零士とお風呂なんて、と心臓が高鳴った。

「そ、それは、あの……」

「洗ってあげますよ、アリス」

「あ、洗う⁉」

彼はそう言って、アリスのまとめていた髪の毛を解いた。バサッと落ちてきた自分の髪の毛の感触に、息を詰める。

「そんなに戸惑うこと？　お互いの裸を知っているのに」

「それは、そう、だけど……」

婚約者でカップル同士だったら、一緒にお風呂なんて普通かもしれない。でも、何回やってもアリスにとっては恥ずかしい。

押し黙ると零士がいきなりアリスを横抱きにした。慌てて彼の首に腕を巻きつけると、彼が悠然と微笑む。

「お互いに綺麗になって、セックスできる。待っている時間も勿体ないしね」

零士に抱かれたままバスルームに行き、ドアを閉められた。

浴室の中はシャワーブースとバスタブが別にあり、とても広い。

「私、零士しか見てなかったけど、ここのバスルーム、すごく素敵」

心臓がさらに高鳴るのは、明らかに良い部屋で零士と裸になるという、これからのことを想像するからだ。

「部屋を見てなかった？　アリスお嬢様のために良い部屋を押さえたつもりですが」

意地悪くお嬢様と言われたことに、心臓の高鳴りはちょっと減少。ムッとして零士を見る。

「だって、私は零士しか目に入らなくて……いつもそうなんだけどわかってる？」

「それはありがとう」

彼はバスタブへ行き、湯を張り始めた。アメニティの入浴剤を入れると、泡がモコモコし始めた。

いきなりバスタブはないだろうし、と思いながらシャワーブースを見る。そこは二人で入っても十分な広さがあり、アリスはコクリと唾をのんだ。

零士とシャワー&バブルバスなんて相当、エロティックすぎる。

そうこうしているうちに、零士は眼鏡を近くに置き、シャツのボタンを外し始める。アンダーシャツもためらいなく脱ぎ、スラックスのベルトを外し始めた。

それを見ただけでアリスの顔が火照ってきた。自分は零士が脱ぐのを見て興奮しているのかと思うと、なんだか余計に恥ずかしくなる。

ベルトを引き抜き、スラックスのボタンを外して脱いだら、彼は下着一枚になる。そこで彼はアリスを見て、軽く目を眇めた。

「脱いで、アリス」

「あ……はい」

返事をしたけれど、すぐには脱げなかった。彼の裸にドキドキしてしまい、手が動かない。

「一緒に風呂は嫌でしたか?」

アリスの顎先に触れ、上を向かせると零士は首を傾げる。

「そ、そんなことない! ただ、まだやっぱり、恥ずかしさが……まだ経験が多くないし……それに、恋人期間も短かったし!」

何も言わずに、彼はアリスのブラウスのリボンを解いた。ボタンを一つ一つ外され、スカートの中からブラウスを引っ張り出される。

スカートのホックも外されたかと思うと、ツッと首筋を撫でられ、アリスは首を竦めた。

「敏感だ」

「だって、零士が……それに、脱がせるの手際いい……慣れてる」

「ただ、アリスの裸が見たいだけ」

そう言って彼は、スカートのファスナーを下ろした。ストン、と床に落ちたスカートを見て、息を詰める。

「あなたが、結婚して欲しいと何度も言ったでしょう、アリス。服を脱がされることくらい、そろそろ慣れて欲しいですね」

「それはそう、だけど……だって、早くしないと、零士……素敵で、なんとなくモテてるだろうし。気が変わりそうな気がして……私なりに必死で……」

でもいつも素っ気なく、根負けして好きになってもらったようなものだ。

「私、面倒くさかったかな……零士を押しすぎた？」

「さぁ、どうかな？」

ブラウスが肩からさらりと落とされる。ブラジャーのホックに手がかかり、プチンと外されると胸が露わになった。

「でも、好きになったのは俺も同じだから」

ショーツに手をかけ、彼は膝を突いてアリスの足からそれを脱がせていく。完全にそうしたところで、自身の下着も脱いだ。彼の裸を見た瞬間、カッと身体の奥が熱くなって、脈を打ったような疼きがお腹の底から全身に広がっていく。

立ったまま、足元でひざまずく零士を見ていると、彼が視線に気づいたのかアリスを見上げる。ゆっくり立ち上がった彼の大きな手に後頭部を軽く摑まれ、唇を塞がれた。

最初から貪るような熱いキスで、アリスは食べられそうだと思った。次第に舌が絡まり、合わさる唇から濡れた音が聞こえてくる。

耳から聞こえる荒い吐息と水音だけで、アリスはどうしようもなく感じてしまい、身体が震えた。

「れい、じ……」

彼の名を呼ぶと、ゆっくりと唇が離れていく。

「感じている顔。可愛いですね」

アリスは恥ずかしくなり、顔を背けた。零士はその様子にただ目元を緩めて笑っただけ。

濃厚なキスをしたあとは手を引かれ、抱えられるようにシャワーブースへ。湯の温度を確認した零士は、高いところにシャワーノズルをかけた。湯が全身にかかり、あっという間に二人とも濡れていく。

背にシャワーブースの壁を感じ、零士からまたキスをされる。

もうすでに蕩けている身体は、彼にされるがままだった。

「髪は自分で洗う？」

聞かれて、首を動かすことしかできない。

備えつけてあるシャンプーを先に手に取ったのは零士の方。優しくマッサージされるように洗われながら、小さなキスを繰り返す。

キスの合間にアリスも同じようにシャンプーを手に取り零士の髪を洗う。だけどなんだかうまく洗えず、適当に洗って流してしまう。

零士の手がアリスの腕に触れる。ボディーソープを使って両方の腕を洗われ、つぎに彼の手は首筋に行きつき、耳元を泡の滑りとともに撫でるようにされた。

「あ……」

鎖骨に手を滑らせ、腋下を通りアリスの胸に大きな手が行きつく。

「零士……」

「いつ見ても、あなたの胸は綺麗だ、アリス」

何度かそこを行き来したあと、さらにボディーソープを手に取り、首の後ろから背中を洗う。まるでマッサージでもされているようだが、好きな人からされるとそれは違った意味で心地よくてアリスは小さく息を吐く。

「は……っ」

背中を通り、臀部の丸みを撫でるように洗われたあと、彼は膝を突いた。

アリスの足を洗い始め、片足ずつ持ち上げ、足先まで洗ってくれる。丁寧に洗う様子は、まるでお嬢様に尽くす従者のようだ。

「零士、慣れている」

彼に女性の経験があるのはよくわかっている。一人ではなく、複数だ。

「一緒に風呂なんて、あなた以外の誰ともしたことないですけど？」

巧みに動く手に、アリスは嫉妬してしまう。

「……だって私だけ、変に感じて……」

「こっちだって、見るだけで感じてる。あなた以外にこんなに手をかける気はない」

零士はアリスの足の付け根を撫でた。そのあとすぐに、足の間に手を入れてきてソープの泡の滑りとともに、指が行き来する。

「や、そこ、は……っん」

「綺麗にした方がいいのでは？」

クスッと笑った彼は一度手を抜いて、アリスの手にもたっぷりとボディーソープをのせる。

「俺も洗って、アリス」

零士がアリスをシャワーブースの壁に追い詰め、閉じ込めるように抱き締めた。そうして密着した肌と肌。彼の昂ぶりがアリスの腹部に当たる。

見ないようにしていた彼の下半身を感じ、アリスはその背に手を回すことしかできない。けれど、彼の手は再度アリスの足の間に入って来て、ソコを先ほどと同じように動かした。

「は……っれ、いじ……っ」

「背中を洗って、アリス」

零士の言葉に首を振る。

「無理……零士の、指、が……っあ!」

「少し触っただけで、濡れているみたいだ。ソープとは違う滑りがある」

恥ずかしいことを言わないで欲しい、とアリスはキュッと目を閉じた。確かに濡れた音が聞こえそうなくらい、アリスは自分でもソコが潤っているのがわかった。

もちろん身体の疼きもあるけれど、決定的に達するような刺激ではなく、ただ忙しない息を吐くだけとなってしまう。

彼が目の上にキスをする。それからアリスの足の間から手を抜き、アリスの手を取って自身の昂ぶりへと導いた。

アリスは彼の下半身を触ったことがほとんどなかった。見たことは何度もあるし軽く掠めたことはあるけれど、手で直接触れるなんて、初めてだった。

「あ、零士、大きい……」

彼のものをソープの滑りを借りて撫でると、さらに質量が増した。

「……っ」

零士が小さな呻き声を漏らして息を詰めたのがわかった。アリスの顎を持ち上げ唇を重ねてくる。

唇の間を彼の舌がこじ開け、歯列を割って入ってくる。絡まってくる彼の舌に応えるので精いっぱいだった。彼がキスの角度を変えるたびに濡れた音が耳に響き、息を吸うたびに甘い声が出てしまう。

「あ……っふ」

彼の昂ぶりを手にしていたけれど、キスだけで力が抜け、何もできなくなってしまう。

零士と一緒にシャワーを浴びるだけでも、心臓がドキドキ脈打つのに、こうもエッチなことをしてしまうと、限界になる。

零士はそんなに触れていないのに、アリスはキスだけでイキそうになってしまった。

「あ、ダメ……零士……っ」

「これくらいで？」

口づけをしたまま、零士はシャワーで泡を洗い落とし、アリスが崩れ落ちそうになったところで唇を離す。

力の入らないアリスを彼は抱き上げてバスタブへと移動した。湯に浸かると、アリスは小さく息を吐き、目の前の彼を見る。

「入れてもないのに、イクなんてだめだな、アリス」

「だって……私は、零士が、好きだから……」

頬を赤らめながら彼の首に手を回す。大きな手が背を撫で、耳元で笑う声が聞こえた。

「そんなに触ってないはずなのに？」

「だって、このシチュエーションが……」

うう、と唸ると彼がアリスの身体を少し離した。

「零士？」

じっと見つめられ、髪を耳にかけられた。

「今日は、ゴムをもってないんだ。でも今日は、直接感じて、中でイキたい」

耳にキスをされながら言われる。は、と息を詰めながら彼の言うことを理解した。

零士は一度、同じようなシチュエーションでゴムを着けずにアリスの中に入ったことがある。でも、中では出さずにいた。

まだ婚約して一年。けれどもう、一年だ。避妊具をつけないセックスの意味は十分わかっている。

零士はアリスの頬に両手を添えてじっと顔を覗き込んだ。

「モーガン氏との時間よりも、俺との時間の方が有意義だったら、もっとカップルらしくしたい。直接あなたを感じたい」

零士はいつもコンドームを着けていた。でもそれは結婚していないからだとわかっていた。先日、何も着けていない彼を中で感じた時は嬉しく、気持ち良かった。

もう婚約しているのだから避妊しなくてもいいと思う時もあった。授かって結婚するのもいいと思っていたし、彼との間に家族ができるのは嬉しい。

それくらい彼が好きで、彼と愛し合った証ができたら、と思っていた。

「零士は、いいの？」

彼は瞬きをした。そしてアリスに小さくキスをする。

「あなたが好きだ。あなたとずっと一緒にいたい」

零士の言葉にアリスは大きく目を瞠った。

「家族はあなたと作りたい。今までは、あなたに好きな男が現れたら、俺は一回り以上も年上だから、すぐに手を放す気でいた」

彼はなんてことを言うのか。零士以外の男なんてありえないのに。

「そんなこと、絶対にない」

「でも俺はあなたよりもずっと年上だ。それにあなたはカニンガム家のお嬢様だ。やっぱり考えてしまう」

零士の言葉を聞いて、アリスは首を振った。何度もそうして彼の首に手を回す。

「何も遠慮して欲しくない。私は零士が好き。零士としか、家族になりたくない」

零士の首筋を撫で、アリスは微笑んだ。

「零士はバカね。私が好きだと言ったら好きだと返して、ずっと一緒にいたいと言ったら、自分もそうだと返せばいいの。他の誰とも、こんなことするのは嫌よ、零士」

アリスがそう言うと、零士は笑って頷いた。

「確かにそうだ。俺はバカだった。もっとあなたには素直に気持ちを伝えればよかったのに」

大きな手がアリスのウエストラインを撫でる。その手の熱から、彼のアリスを欲しいという気持ちが伝わってくる。

「じゃあ、今、素直になって。今の気持ちを言って」

今度は柔らかくまろやかな臀部を丸く撫でさすり、彼は自分の下半身の熱をアリスの下腹部に伝えてくる。

「俺は、あなたが欲しい。ほかの誰にもやりたくない」

「私も、零士。もっと欲しがって、好きって言って！」

彼はアリスの腰をぐっと引き寄せ、身を屈めて熱烈なキスを仕掛けてくる。息ができなくて唇をずらしたけれど、すぐ追うように零士の唇が重なってくる。

「あぁ……っ」

アリスの足の隙間に、彼のものが当たる。零士に片足を持ち上げられ、ほんの少し先端が入ってきてアリスは息を詰めた。零士が自身の剛直をアリスの中に埋めていく。

「あ……あっ！」

零士が中に入ってきた感触が、いつもよりリアルだった。何も着けていない、生の零士だとわかっているからか、すごく熱くて彼の大きさを感じた。

アリスはいつもそうだが、零士に中を埋め尽くされると、とても幸せな気持ちになる。一つに溶け合ったような気がするのだ。

そして身体が震え、疼きが増し、入れられただけでイってしまいそうになる。

「れい、じ……っ」

「好きだ、アリス」

彼の手がアリスの首筋を下から上へと撫でる。

それだけで、快感でたまらなくなり、声を上げてしまった。

「ああっ！」

下から揺さぶられ、アリスは下唇を噛み、彼の首に手を回す。

「零士、好き……っきもち、い」

「いい顔です、アリス……」

彼が腰を揺するたびに、バスタブの湯が波打つ。ちゃぷちゃぷという水音が、零士の欲望の激しさを表しているようで、余計に煽られた。

アリスは彼の胸板に自分の胸を押しつけ、強く抱き締める。

その間に零士の手が入って、胸を揉み上げてくる。

「あなたの胸、好きなんです。柔らかくて弾力があり、揉みがいがある」

胸の先端をきゅっと摘まれてアリスは甘い声を上げた。自分の中にいる零士に突き上げられ、どうしようもないほど気持ちよく、イキそうになってくる。

「もう、ダメ、零士……私、イキ、そう」

「ああ、よく締まる」

彼はそう言ってさらに突き上げを強くする。

水音も激しくなり、身体が熱くなっていた。のぼせるのではないかと思いながら、動かされるまま、アリスは腰を跳ねさせる。

「あ……あっもう、零士……っ」

彼にギュッとしがみつく。

下半身から湧き上がった快感が全身を駆け抜け、目の前が真っ白になった。

「アリス……っん」

アリスの内部が締めつけたことで、零士もまた達した。

中での感覚がいつもと違って熱く、彼が中で快感を解放したのがわかった。

「零士、熱い……」

「……のぼせそうだ」

彼は笑って息を吐き出す。

それからアリスにキスをし、ゆっくりと自身を引き抜いた。

彼は頬を撫で、そこにもキスをする。

「水、飲みたくない？」

「うん、飲みたい」

「自分で上がれる？」

アリスが頷くと、彼が先に湯から上がり、裸をさらす。近くにあるバスタオルを腰に巻いて、もう一枚バスタオルを取った。

「アリス」

名を呼ばれたアリスも湯から上がり、彼にタオルで身体をくるんで抱き上げられた。

「もう、バスタブではしたくないな」

はぁ、と大きくため息をついた彼を見て首を傾げる。

「どうして？」

「風呂に入りながらすると疲れて……あなたと違ってもう俺はいい年だから」

「私は結構好き……かも。ただ、脱水症状になりそう」

「そう。じゃあ今度する時はミネラルウォーターを持って入ろう」

零士はクスッと笑った。アリスはこの何とも言えない、ちょっと疲れたような零士の色気に胸がきゅっとなった。

抱えられたまま広いベッドに下ろされた。ミネラルウォーターのボトルを手渡されて一口飲んで、そのあとはゴクゴクと勢いよく飲んでしまう。

「美味しい！」

思ったよりも水分が足りなかったようだ。ふと視線を移すと、零士もバスローブを着て水を飲んでいた。

嚥下する喉がとてもエロティックで、アリスはコクリと唾をのみ込む。

こういうことを女のアリスが思うことは、ちょっとはしたないのだろうか。でも、零士が好きだからどうしても色気を感じてしまうのだ。

「零士、今日は、あの一回だけ？」

アリスが問うと、彼はバスローブを肩にかけてくれた。そのままベッドに座り、水をまた一口飲む。

「まだ中で出してもいいということですか？　それともゴムを買ってきた方がいいかな？」

いたずらっぽく笑う零士に、ほんの少しうつむくけど、すぐに顔を上げる。

「れ、零士の好きなようにしていいよ。私は、零士の婚約者だし、もうすぐ妻になるつもり！　零士がそうしてくれるのは、私が好きだからでしょ？」

アリスの言葉に、零士は珍しく声を上げて可笑しそうに笑った。

「それに、零士に抱いて欲しい。好きだから」

「……あなたはいつも直球だ。だから負けてしまう」

零士は肩を抱き寄せ、アリスに啄むようなキスをした。アリスもそれに応え、自ら彼の唇を食んだりする。

「私は、零士だけ。だから、いつでも手を放す気だとか、そんなこともう言わないでね」

これは切実な願いだ。

アリスは、零士が好きで、零士に会わなかったら恋に臆病なまま、誰とも結婚しなかったかもしれない。

「私が気持ちをぶつけて押してたから、零士は大好きな私と婚約できたと思うの。ねぇ、そうでしょう？」

零士を見上げながら言うと、彼は微笑んで頷いた。

「そうですね。あなただけが、私のパートナーになれたのかもしれません」

アリスはその言葉に嬉しくなり、勢いをつけて彼に抱きつきそのまま押し倒す。

「あなたは、本当に変わりましたね、アリス。恥じらっているあなたは、私の男の部分をいてもたってもいられなくしたというのに」

「……え？　そうなの⁉　そうだったの⁉」

「そうですよ」

「今はダメなの⁉」

零士はアリスの濡れた髪を、手近にあるバスタオルで優しく拭きながら口を開く。

「今は……今のアリスを見て、いてもたってもいられない」

そう言ってアリスの頭を引き寄せ、最初から深いキスをする。そのまま身体の向きを変えられて、今度はアリスが零士の下になる。

アリスの胸を揉み、足を開かせたかと思うと、彼自身がアリスの身体の隙間に当たる。

「入れたくてたまらなくなる、わかりますか？　アリス」

その声が掠れて官能を含んでいた。

「もう一度、ゴムなしで抱きたい」

アリスは身体が戦慄し、先ほどの疼きが蘇ってくる。彼のゴムなしで、という言葉に、お腹の底から快感が湧いてくる。

頷いて、誘う言葉を口にした。

「入れて、零士」

アリスは彼の肩を撫でた。小さくキスをし、零士が足の付け根を撫でる。

言葉通りに、零士はアリスの中に確かな質量で入ってくる。

その時の彼の顔を見て、ああ、やっぱり好きだと思った。

アリスだけに見せる、色気を放った顔に視覚だけで酔いしれてしまう。

少し喉を反らせ、微かに目を閉じ、小さく息を吐く。

この、零士を下から見る光景は、アリスだけのものだ。自分の中で気持ち良くなっている彼の汗を払う仕草だけで、十分にアリスを感じさせる。

「あ……っ！」

声を出すと、彼がアリスを抱き上げる。向かい合って座る形になり、ますます彼のものが奥へと届き、大きさを増す。

「大きい、零士……っ」

「気持ちよさそうだ。俺のは、奥まで届いてる？」

アリスは何度も頷き、身体を仰け反らせた。

あまりにも良すぎて、どうにかなりそう。身体を貫く零士の存在感が強くて、もうすぐに達してしまいそうになる。

「も、ダメかも……っ」

「まだ、動いてないのに？　それは困ったな」

フッと笑って、彼がアリスを見つめ頬を撫でる。

「好きです、アリス」

その言葉が嬉しくて、自ら腰を揺らす。

「私も好き、大好き」

零士がアリスの唇に唇を重ねる。それから腰に手を巻きつけ、突き上げてくる。

「んっ、んっ……っ！」

唇を先に離したのは零士で、彼はアリスの首筋に顔を埋めた。耳元を軽く食んで、アリスの弱いところを責める。

「俺を締めつけすぎ、アリス」

「だって……っあ！」

零士が責めるから、と言いたいけれど言葉が出ない。

アリスはずっとこうして年上の彼に翻弄されるのだろう。そしてずっと、ずっと、好きでいるのだろうと心から思った。

初めて見た時から、彼だけがアリスの絶対。

そんな零士が今日初めて、心からアリスのものになったと感じたのだった。

15

何か物音が聞こえて、零士は目を覚ました。

その物音はスマートフォンの振動音で、あまりにも綺麗な白い天井を見て、今自分が置かれている状況を思い出す。

左を見るとアリスが仰向けで寝ていた。布団の下は何も着ていないとわかっている。昨夜はクリフとのこともあって、一気に精神が高揚した疲れもあったのだろう。零士とベッドの上で抱き合ったあと、話しているうちに眠ってしまった。

寝る前の言葉は、零士とずっとこうしていたいな、だった。

それはこっちの願いだと、ずっとそうだといいと本気で思った。それも、若い年下の男に気づかされるなんてな、と内心苦笑した。

アリスも年が近い男の方がずっと話しやすいだろう。それに何と言っても自分はわかりにくい性格をしており、いつも人と距離を置く。

そんな零士よりも自分の気持ちを素直に言うクリフ・モーガンの方が、アリスには似合っているんと思う。家柄も釣り合い、お互いの生活のグラウンドも同じ。アリスは本来、零士のような普通の男の妻にはならないはずの女性だった。でも、零士と出会ってしまった。もう二度と離すつもりはない。

「……アリス……昨夜はあなたをどうしても、あの男に渡したくないと、本気で思った」

アリスの前髪をそっと掻き分けると、形が良く、綺麗な額が現れた。

でも結局は言いたいことは大して言えず、それでも彼女は自分のものだと思いたくて、セックスへなだれ込んでしまった。

それは言ってしまえば男の独占欲のようなもので。アリスだけに見せる執着心だった。避妊をせずに抱いてしまったことに、我ながら本能的すぎたかもしれないと反省する。

彼女との間に家族ができるのは構わない。むしろ嬉しい。アリスに似た子供を腕に抱いてみたいという思いはある。

横で健やかに眠る愛しいアリスを見て、頬を撫でる。いつも通り眠りが深いようで、目覚めない。

零士は静かにベッドから下り、バスローブを羽織った。ドレッサーの上に置いていたスマートフォンの画面を見ると、電話の相手は天宮だった。

何か緊急のことだろうかと、ベッドルームから出て、ソファーに座る。

電話を折り返すと、天宮は三回目のコールで出た。

「何か緊急の用事ですか？」

『いや、違う。アリス嬢とラブラブな時間を邪魔して悪いね』

堂々と、というわけではないがアリスと部屋に行く途中、何人かのスタッフとすれ違った。それに、フロントはマネージャーの川上優子《かわかみゆうこ》で、よく見知った顔。

二名で宿泊というそれで、小さな声でアリスさんとですか、と聞かれたのでほんの少し微笑んで見せた。それで小さく頷いた彼女は、頼んでいない朝食券も渡してくれた。

——婚約者と朝食の時間を楽しんでください。

チェックインの時、アリスには特に何も言われなかったと言ったが、本当はこういう経緯があったのだ。

こっそりとつけてくれたサービスに礼を言うと、小さく首を振って笑みを浮かべるだけ。天宮がフロントの教育が行き届いていると言った通り、しっかりとしたフロントマネージャーだ。

「さすが耳が早いですね。私がアリスと泊まっているのを承知とは」

『堂々と泊まったのは君だろう？　いい夜を過ごせたかな？』

彼の言葉に、自分は結構大胆なことをやったかもしれないと、内心ため息。アリスがカニンガム家のお嬢様だというのは周知の事実だし、本人もそれを隠していない。

また零士も彼女の婚約者であることを隠していない。二人で泊まることは、さぞかし天宮の想像を掻き立てただろう。

「おかげさまで」

電話口で可笑しそうに笑う天宮が、そうか、と言った。

『君らしくないね、添島。最近は独占欲も少しは出てきたのか？　とてもいいことだ』

「もともとありましたよ」

『ああ、そう。でも、君はいつもどこか引いたところがあるからな。あんなに好き好きビームを出しているアリス嬢がやっと報われてきたような気がするよ』

天宮の言葉に、心が揺さぶられる。

独占欲なんてそんなもの、と思うが、確かに天宮の言う通り。図星をさされたようで内心焦る。もともと少しはあった。けれど、アリスがあまりにも若く綺麗な女性だから、余計に引いていたのだ。

アリス相手に自信がないのは、自分の方だと気づいたのはクリフが現れてからだ。その自信のなさから、いつでもアリスを解放してやれると勘違いしていたのだろう。

「私が悪いのはよく知っていますよ、天宮。あなたが言いたいことはよくわかります」

『本当にわかっている？』

「ええ。もう意地を張って変な遠慮はしませんよ。アリスには私だけだとわかっているのに、余計なことを思っていたので罰が当たっているみたいです」

『その罰はモーガン氏？』

「ええ」

　零士が素直に返事をすると、彼は少し声を出して笑った。

『君はもともと女性には本気にならないからね。でも、そんな君が本気になった女性は大事にしないといけないよ？　これまでの人とは違うんだってことをもっと自覚しないと』

　これまでの人、と言われて耳が痛い。

「どちらかと言うと、私の方が節操なしだったのはわかっていますよ。外見に似合わず、あなたの方が恋愛には慎重かつ選びすぎなんですよ」

『はいはい、そういう言い訳に僕を使わないで欲しいな。僕はこれと思ったら攻めていくが、そういう女性がなかなか現れないだけ。君が羨ましいよ』

　そんなことを言って、攻めたところなんて見たことがない。

「あなたこそ私に説教していないで、早く身を固めたらどうですか？　そのうち中年を通り越して、おじいちゃんになりますよ？」

『自分が婚約して上手くいっているからって、そういうことを言うもんじゃないよ。……そうそう、なんで電話したかというと、アリス嬢の自称お友達のモーガン氏が、君と仕事の話をしたいと言ってきたんだ。僕とじゃなくて君と、ということだったからどうしてなのか聞いたら、君が優秀な秘書だから、らしい。……まぁ、本音と建て前は違うから、イ

エスと言っておいた。今日の夕方の便で帰るらしいから、午前中には会いたいと言ってい
た』

午前中なんてもう今じゃないかと、零士は頭を抱えた。なんでこの人はこうなんだと思い、あのですね、と多少の怒りを込めて口を開く。

「そういうことはさっさと言うべきでしょう？　彼からは昨夜のうちに言われたのではないですか？　だったらもう少し早く連絡すべきです」

『ごめん、ごめん。だって君、昨夜は何かと忙しくしてただろう？　アリス嬢と一緒に』

からかうように笑われて、こめかみを押さえる。この軽口、いつもどうにかしてやりたいと思う。からかわれるのは常だが、アリスと零士の時間については勘弁して欲しい。

「ごめんは一回でいいんですよ」

『でも、二人の営みの最中に電話で水を差すわけにはいかないだろう？　もしくは夢中で電話に気づかないこともある。これでも休みなのに早めに電話したつもりだ。それとも朝から忙しかった？』


本当にどうにかしてやりたい、と内心舌打ち。

天宮のこういう部分に振り回されるのはいつものことだ。それはもう長年の経験でわかっていた。

スケジュール管理をしているのはこっちなのだから、いずれ軽くやり返してやろうと心

に決める。

「朝から忙しいわけないでしょう。さっき起きたんですから。それで、モーガン氏との約束の時間は何時なんですか？」

『それがね、すごく早いんだよ。自身の日本のホテルで仕事があるからってことで、七時半には会いたいらしい。そんな朝早くに、と言ったらトレジャーグランドホテルの朝食を食べたいからだそうだ』

「……は？」

間抜けにもそんな声しか出なかったのは、今が何時かと目を見開いたから。スマートフォンを耳から離すと、時間が表示された。

まだ薄暗さがあるから早い時間だとわかっていたけれど、もうすでに朝の七時十分前だ。

「天宮、そんなに重要なことを後回しにして、私と話していたんですか？」

零士が怒りを込め、低い声で言うと彼は爽やかに笑った。

『だから、昨夜は忙しかっただろうから、幸せ疲れで眠いかと思ったんだ。僕だって早起きして君に電話してるんだから、そう言わないで欲しいな。まぁ、君はちょっと焦ったくらいでちょうどいいよ、添島』

だからその軽口を何とかしろよ、と心から思う。

しかし、そんなことを口にするよりも今は急がなければならない。

「全くもう！　あなたはそんなだから嫌いなんですよ！」

『好きの間違いだろう？　急ぎなさい、添島。場所はクラブフロアのラウンジだ』

なんでそんなところで、と突っ込みを入れたかったのに一方的に電話を切られた。

「……なんなんだ……ったく！」

そう言っているうちにも時間は過ぎる。

勝手に了承するなよと本気で言いたい。いや、今度顔を合わせたら言ってやる。

それよりも仕事というならばスーツだ。しかし、昨日のスーツしかない。せめてシャツだけを替えて身支度を整え、零士は寝室を見る。

まだぐっすり眠っているアリスを確認し、この人のためにと、決心する。どうせクリフは、アリスのことで何か言いたいことがあるのだろう。

この前の彼の言葉を思い出し、アリスのためにきちんと言っておこうと思った。

大切なものは大切に、そしてずっと一緒にいるためにすべきことを心に誓う。

そうして零士は静かに部屋を出た。

☆　☆　☆

どうにか約束の時間一分前に着くことができた。数人の早起きの宿泊客が、優雅に朝食を摂る中、クリフ・モーガンは窓際の席に座っていた。

彼は零士に気づくと微笑み、軽く手を振った。やや足早に彼のもとへ向かうと、零士は軽く頭を下げた。

「申し訳ありません、遅くなりました」

「いや、そんなに待っていないよ。どうぞ、座ってくれ」

「ありがとうございます」

零士は椅子を引き、クリフと向き合って座った。すぐにホテルスタッフがコーヒーか紅茶かを聞きに来たので、コーヒーを頼む。

「アリスは、いつも朝はカフェオレだ」

いつも零士と朝飲むのはブラックコーヒーだった。彼女が零士の前でカフェオレを飲むことは一回もなかった。

「……そうなんですか？」

「君とはブラックコーヒーを？」

「ええ」

「じゃあ、君に合わせているんだな。本当は彼女、甘いカフェオレが好きなんだ。しかもクリームがあれば、恐ろしいほどのせる時がある。甘いお菓子も大好きなんだよ。朝は大丈夫と言って幸せそうにそれらを口にするんだ」

さすがによく知っている。長年友達だっただろうし、モーニングコーヒーを楽しむこともあったのだろう。

零士には見せないアリスの顔があるのはわかっているが、クリフから知らされるのはあまり愉快なことではない。まだ知らないアリスがいても、少しずつ気づいていくしかない零士にとっては、十分嫉妬に値することだった。

アリスは無理してブラックコーヒーを飲んでいたのかと思うと、悪かったという思いと、なぜ何も言わないいんだろうという気持ちになる。

「あなたはそう言うでしょうけど、私とはブラックコーヒーです。もしもカフェオレが飲みたかったら、自分で作って飲めばいいという話です」

零士がコーヒーを飲むと、クリフは途端に機嫌が悪そうな顔をした。彼も良い意味で素直な性格なのだろう。大らかに育てられたに違いない。

「だから君は、なんでそう、アリスに冷たいんだ？」

「そんなことよりも、優秀な秘書としての私と話をするんじゃなかったのですか？　それはただの口実で、アリスとのことを聞いたり、アリスとのやり取りを正したりしたかったんですか？」

「そうだ！」

はっきりと強い口調でそう言われて、零士は大きくため息をついた。クリフはよっぽど零士がアリスの恋人であるということが気に入らないらしい。

「だいたい、なんで君のような素っ気ない男を選ぶのかちっとも意味がわからない。僕だったらアリスをもっと大事にするし、毎日のように甘い言葉をかけてやる。それに、アリスを働かせるようなことはしない。彼女はただ美しく、綺麗な妻でいさせてやる」

彼の言うことはなんとなくわかる。働かせるようなことはしないで、いつでも自分の妻だと表に出せるように綺麗に愛しむ。それも確かに愛だろう。

しかし、零士は彼とは違う考えだ。

年若いアリスに社会を知ってもらい、自分がどんな立場にいるのか自覚してもらいたかった。何より彼女は社会に出ることを希望していた。

ただ、彼女にカニンガムホテルの幹部候補試験を受けるように言ったのは、結婚を先延ばしにするためだ。結局、彼女は難なくハードルを乗り越え、零士と婚約した。

断る口実ばかり探していたあのころは、なんと無駄なことをしたのだろう。結局は自分の考えを押しつけただけかもしれない。

でも、一生懸命仕事をするアリスを見ると微笑ましく、より愛おしく思う零士がいるのも確かだった。

クリフとは考えが異なっても、零士は彼に負けないくらいアリスを思っている。

ハードルを用意したけれど、それを越えて好きだと言ってくれるアリスの心が嬉しかった。だからこそ応えなければと思いつつも、上手くできない不器用な自分がいる。

「アリスは、大学を出たら働くつもりだった。私も難しい条件を出しましたが、アリスはそれをやってみせた。ということは、それだけ私のことを思っていたということです」

はっきりと眉間に皺が寄ったクリフに、零士はさらに言った。

「彼女との結婚は、人生の大事です。離婚も多いこのごろでは、意味がない紙面上の関係かもしれませんが、女性は姓が変わり、住む場所も変わり、人生も左右される。そのことをきちんと考えて答えを出すための条件にすぎなかった。多少突っ走った感はあるが、彼女の意志は固かった」

「だったらもう少しアリスに、優しくしたらどうだ?」

クリフは本当にアリスのことが好きだから、零士にこんなことを言うのだ。自分だったらもっと幸せにしてやれる、もっと笑顔にしてやれると思っているに違いない。

確かに優しくない恋人である。けれど、愛する気持ちがあり、零士はアリスに恋をした。

アリスが若すぎるから変に悩んでしまったことは反省している。

「まだ私達はこれからなんです。アリスと私の関係は、お互い話し合いながら決める。だから口を出さないでいただきたい」

過去のことはもうどうしようもない。自分達はこれからだと、零士はそう思っている。

「それに、アリスが恋をしているのは、あなたではなく私です。私もまた彼女に恋をして今一緒にいる。彼女の生まれや若さに遠慮していましたが、近いうちに結婚します。あなたが私にいろいろ言いたいことがあると言うなら、私とアリスが出会う前に手を打っておくべきでしたね」

クリフはコーヒーをゴクゴクと飲み干し、少しばかり下品に音を立ててカップをソーサーに戻した。

「そんなこと、君から言われなくてもわかるさ。わかっているよ。アリスは君のことを初恋とも言える人で、大事だと言ったからね。だけど、アリスばかりが恋をしているようで、たまらなかった。だったら僕が彼女を、と思ってもおかしくないだろう」

「そうですね」

「そうやって澄まして言うところが、気に入らないんだよ」

やや語尾を荒らげたクリフは、はぁっ！　と大きく息を吐く。

「アリスが君がいいと言うのならしょうがない。僕はあきらめるしかないが、きちんと大事にしてくれるんだろうな？」

きちんと大事に、という言葉に零士は片眉を上げた。が、いつも通りの口調で言い返す。

「あなたよりも大事に思って、毎日を過ごしています。余計なお世話ですよ、クリフ・モーガン」

目を眇めながら言うと、彼はぐっと唇を引き結んで顔を歪めた。

「どうも君はいけ好かないな」

「お互い様です」

「僕よりも結構年上なんだろう？」

「ええ、十は上かもしれませんね。日本では目上の者に対して多少敬意は払うものですが、あなたにはないようですね」

いけ好かないと言われた相手に、遠慮することはない。確かに御曹司かもしれないが、どちらかといえばライバル会社だ。それに婚約者に横恋慕するような男に、何も遠慮することはないだろう。

「格下の会社の秘書だっていうのに」

不貞腐れたように子供っぽくそう言われ、さすがに零士は眉を顰めた。

確かに今こそ格下になっているが、この先はわからない。あの天宮がいつまでも後塵を拝することに甘んじるとは思えない。

「言っていなさい。一年後は、カニンガムホテル東京があなたのホテルを負かして差し上げます」

零士が微笑むと、ふん、と言って腕を組んだクリフ。

「そんなことできるわけないだろ」

そう言って立ち上がった彼は、零士に背を向けた。けれど数歩歩いてすぐに振り向く。

「アリスを不幸にするなよ、ソエジマ」

「振られた男に言われたくありませんね」

彼は顔を強張らせて睨んだが、すぐに背を向けて行ってしまう。

アリスを不幸に、という言葉を反芻し、首を振る。

「誰がそんなこと」

今までのことを反省しながら、絶対に幸せにすると心に決める。

零士も立ち上がり、アリスがいる部屋へと足早に向かった。

☆　☆　☆

零士が部屋へ戻ると、アリスはまだベッドにいたが今起きたばかりのようで、目を擦ってこちらを見た。

「あれ、零士……もしかして、仕事?」

スーツ姿の零士を見て、どこか不安そうに聞く。

「仕事ではなかったけど、気になることがあったのでオフィスに行っただけです」

ベッドに座り、彼女を見ると心配そうだった顔が緩む。

「そう、よかった」

ホッとした様子のアリスに微笑んだ。彼女は零士に手を伸ばし頬を撫でてくる。

「零士の笑顔好き」

「そうですか？」

「そうよ。だって、私は初めて笑顔を見た時、一目惚れしたんだから。キレイで整った顔で、可笑しそうに笑う表情がすごく新鮮で、もっと笑顔を見ていたいと思ったんだもの」

それは零士だって同じだった。

アリスは普段は美人で少し近寄りがたい雰囲気もあるのだが、彼女は何よりも表情が良いから、誰とでも打ち解けられる。

神様に愛されているのだな、と思うほどアリスは綺麗だ。

「私もあなたの笑顔は好きです」

「……好きって言ってくれる割には、いつも情熱が感じられないのよね、零士は」

少し頬を膨らませる彼女に身を屈めてキスをする。

「声に抑揚が少ないのは謝りますが、本気で好きですよ、アリス。これからは妻となってずっと一緒にいて欲しいと思ってるんです」

零士がそう言うとアリスは驚いたように目を見開いた。そして一気に顔を赤くする。この初々しさが、零士の心をいつも騒がせる。

「あなたにプロポーズらしいプロポーズを俺はしたことがなかった。婚約期間を終わらせる必要があります。だから……そろそろ結婚しましょうか、アリス」

アリスから結婚して欲しいと言われた時、ただイエスと返事をしただけだった。でも、本当はそれだけではだめだったと、今は心の底からわかる。

「それは……私が押したから……」

「俺も、あなたと結婚して幸せが続けばいいと思っていた。あなたから押されてイエスと言ったのは確かにそうだけど、もしそう言ってくれなかったら今ここにいなかったかもしれない」

零士が少し低い声でそう言うと、彼女は首を傾げてどうして、と言いたい風だった。

「いつまでものらりくらりとあなたの告白を躱していたでしょう。俺は臆病だから結婚を自分で言い出せないままだったかもしれない。その筋書きでいくと、もしかしたらアリスは他の男と結婚するという結末に至るかもしれなかった」

アリスは零士の言葉に首を振る。

「そんなことないよ！　私は何年経っても、零士だけ。結婚できないその時は、押しかけ妻でもよかったんだから！」

「……だから、あなたのそんなところに惹かれて救われているんですよ、俺は」

アリスの頭を撫で、微笑む。

彼女が彼女でなかったら、きっと零士は一人だ。

「これからも、俺は人間関係が下手だから、アリスを不安にさせてしまうことがあるかもしれない。でも、ずっと一緒にいたい気持ちは、変わらない」

零士の言葉にアリスは目を見つめたまま小さく頷く。

「あなたに会えてよかった。これからもずっと変わっていく季節や日々を、一緒に生きていく意味を感じていきたい。君の手に触れて温もりを感じる毎日をずっと過ごしていきたい」

アリスの手を握り、自分の熱を伝えるかのように優しく包む。

そして彼女の唇に小さくキスをした。

「だからアリス、ずっと、俺の傍で笑っていて欲しい。こんな俺だけど、あなたがいないと、もう呼吸さえままならなくなってしまうから」

アリスは小さく何度も頷いた。目に涙が浮かんでいる。

「あなたがいる日常を、俺にくれて、本当にありがとう。これからもずっと、生涯よろしくお願いします、アリス」

彼女は首を振って零士を涙目で見つめる。

「そんなこと、私だってよろしくお願いします。零士がいない世界なんて、私だって生きていけないから！」

熱く抱きついてきたアリスを抱き締め返す。

そこで零士はようやく自分がこの人との人生のスタートラインに立てたと思った。

こんなに若く美しい人が隣にいながら、今まで何をやっていたんだと。我ながらダメな男だと思う。

「零士……」

アリスがもう一度キスをねだったところで、ふと時計が目に入り時間を見ると八時半を過ぎていた。

「アリス、キスをしたいのはやまやまですが、朝食、食べます？」

「え？」

「朝食です。フロントマネージャーの川上さんが内緒で朝食券をくれたんですが……」

そこまで言ったところでアリスが頬を膨らませているのに気づく。

「ねぇ、零士。今はご飯の話するところ？　私はキスをねだったのに……」

本当はアリスと二人で泊まることがバレていた、と話そうと思ったが、そんなことよりもという感じで彼女はちょっと怒っている。

「そうですね」

「でも、なんか、二人で朝ごはんって……ラブな雰囲気ね、零士。私達がラブなカップルだってこと見せつける感じでいいかも」

楽しそうな表情を見せるけれど、今言われた言葉に微妙な気持ちになる。

ラブな雰囲気を見せるというそれは、果たしていいことなのか悪いことなのか。アリスと零士が婚約者同士なのは知られている。しかし、昨日泊まったのか、とさらに広めることになるのはどうなのだろう。

「やっぱりやめましょうか、アリス」

「やだ！　零士と、朝ごはんする！」

そう言って、アリスは零士の唇にチュッとキスをしてベッドから下りる。全裸なのも気にせず、すぐにクローゼットの前に行った。バッグから下着を取り出しサッと身に着ける様子を見ていると、今度は顔を赤くした。

「じっと見ないで」

「あなたが裸で歩いてそこまで行ったんでしょう？」

それはそうだけど、ともどかしそうに服を身に着け、こちらをちらりと見る。

「初めての時と違いすぎると、幻滅する？」

アリスが心配そうに自信なさげにうつむく。そんなことはないのに、と内心苦笑しながら零士は立ち上がり、彼女をふんわりと抱き締めた。

「俺といる時間に、慣れてきたということでしょう？　いいんじゃないですか。これからももっと違う顔を見せて、アリス」

零士の言葉にアリスが満面の笑みを向けた。

「君は俺の妻になるのだから」

「私は零士の妻だもの。私は零士のいる世界で、ずっといろんな顔を見せてあげる」

アリスは零士に抱きつき、頬を擦り寄せる。素肌の綺麗なアリスの頬はとても気持ちが良い。

いろんな感情に気づかせてくれたこの愛しい存在を、どんなことがあっても手放したくないと思う。

「もう、離しませんよ」

「望むところです」

さらに強く抱き締めてくるアリスを零士も抱き締める。

ずっとこの幸せが続けばいい。

そう思いながらそっと唇を重ね合わせた。

あとがき

こんにちは。オパール文庫様で、また本を出させていただけたことに感謝いたします。

いつもながら、原稿が遅かったのですが、二月、三月と心にも身体にも余裕がない日が続き、また編集様方にご迷惑をおかけしてしまいました。心身ともに疲れるというのはこういうことなのだと実感しつつ、もっといろいろと余裕を持って行動するべきだと痛感しました。

それでも、本を予定通り出していただけて、本当にありがたく感謝いたしております。

篁《たかむら》ふみ先生にまたイラストを描いていただき、いつもお世話になり、ありがとうございます。

ふわふわの髪の毛のアリスが可愛かったです。今回も素敵でした。もちろん、ヒーローの零士もカッコ良くて、クールな感じが良かったです。

次回もまた、執筆が上手くいくように、と思うばかりです。

ここまで読んでいただき、ありがとうございました。

最後に、この本を手に取っていただいた読者様、いつも本当にありがとうございます。

これからも頑張りますのでよろしくお願いいたします。

井上美珠《いのうえみじゅ》

発売おめでとうございます！

Opal

君《きみ》は俺《おれ》の妻《つま》になるのだから

オパール文庫をお買い上げいただき、ありがとうございます。
この作品を読んでのご意見·ご感想をお待ちしております。

ファンレターの宛先
〒102-0072　東京都千代田区飯田橋3-3-1
プランタン出版　オパール文庫編集部気付
井上美珠先生係／篁 ふみ先生係

オパール文庫＆ティアラ文庫Webサイト『L'ecrin《レクラン》』
http://www.l-ecrin.jp/

著　者——**井上美珠**（いのうえ みじゅ）
挿　絵——**篁 ふみ**（たかむら ふみ）
発　行——**プランタン出版**
発　売——**フランス書院**
〒102-0072　東京都千代田区飯田橋3-3-1
電話（営業）03-5226-5744
　　（編集）03-5226-5742
印　刷——誠宏印刷
製　本——若林製本工場

ISBN978-4-8296-8383-5 C0193